Les 7 cristaux
de
Shamballa

Les 7 cristaux
de
Shamballa

Le cristal de Nebalom

TOME 2

Fredrick D'Anterny

J·E·U·N·E·S·S·E

Éditeur : François Doucet
Révision linguistique : Carine Paradis
Correction d'épreuves : Véronique Bettez, Nancy Coulombe
Conception de la couverture : Tho Quan
Illustration de la couverture : © Thinkstock
Plans de la nef Urantiane : William Hamiau
Mise en pages : Tho Quan
ISBN papier 978-2-89667-279-0
ISBN numérique 978-2-89683-093-0
Première impression : 2011
Dépôt légal : 2011
Bibliothèque et Archives nationales du Québec
Bibliothèque Nationale du Canada

Éditions AdA Inc.
1385, boul. Lionel-Boulet
Varennes, Québec, Canada, J3X 1P7
Téléphone : 450-929-0296
Télécopieur : 450-929-0220
www.ada-inc.com
info@ada-inc.com

Diffusion
Canada : Éditions AdA Inc.
France : D.G. Diffusion
Z.I. des Bogues
31750 Escalquens — France
Téléphone : 05.61.00.09.99
Suisse : Transat — 23.42.77.40
Belgique : D.G. Diffusion — 05.61.00.09.99

Imprimé au Canada

Participation de la SODEC. $SODEC$

Nous reconnaissons l'aide financière du gouvernement du Canada par l'entremise du Programme d'aide au développement de l'industrie de l'édition (PADIÉ) pour nos activités d'édition.
Gouvernement du Québec — Programme de crédit d'impôt pour l'édition de livres — Gestion SODEC.

Table des matières

Résumé du premier voyage, Les porteurs de lumière

Récit de Paul.

Penilène était réduite à l'état de servante dans le palais du roi Yegor. Vivia reposait, inconsciente, dans un sarcophage en pierre. Chad et moi venions d'être kidnappés en Arizona. Sans le savoir, nous portions tous les quatre le symbole de la quête des sept cristaux de pouvoir.

Nous avons d'abord fui le palais du roi en compagnie de rebelles venus pour faire exploser la tour que Yegor construit dans sa cité de Baârka. Ce projet ayant échoué un peu à cause de nous, Demetor et ses complices nous en voulaient à mort. Durant notre traversée du désert, nous avons découvert que notre mission consistait, dans un premier temps, à récolter dans des creusets créés tout exprès les quatre éléments primordiaux : le feu, l'air, la terre et l'eau.

Nous devions, grâce à eux, délivrer la nef Urantiane qui nous parlait dans nos rêves. Cette première mission accomplie, nous avons pu regagner notre monde et l'Arizona... avec un sacré dilemme sur les bras!

Soit nous devions tout oublier et rejoindre nos familles respectives — enfin, pour moi et Penny, car Chad et Vivia semblent être des orphelins; soit nous pouvions embarquer à bord de la nef Urantiane et entamer un long et périlleux voyage dans les trois dimensions connues et dans le passé de notre planète.

Devinez quelle a été notre réponse!

Ayant entrepris notre premier voyage, on se retrouve maintenant plus de 9000 ans avant le début de notre époque, en Atlantide. Manque de chance, à peine arrivons-nous au-dessus de Posséïdonis, la capitale, que des rayons lumineux nous prennent pour cible et nous forcent à atterrir en catastrophe...

L'écrasement

Monde du Soleil doré, Posséïdonis, capitale de l'empire atlante, 9792 av. J.-C.

Le choc de l'eau sur la carlingue fit trembler la nef Urantiane comme si elle n'était qu'une vulgaire coquille de noix. Ce qui était loin, pourtant, d'être le cas. Sheewa poussait de petits cris aigus.

— Qu'elle se taise! glapit Penilène en se frottant les tempes.

— Nous coulons, dit placidement Chad.

Paul et Vivia reprenaient lentement connaissance. Par-delà le dôme se mouvaient les eaux glauques dans lesquelles s'enfonçait la nef.

Ils se rappelèrent leur arrivée fracassante dans le ciel de Posséïdonis, les tirs menaçants des batteries antiaériennes atlantes, la brutale plongée en vrille dans un vaste bassin creusé près de la cité.

Vivia remarqua, derrière le fauteuil de Chad, une sorte d'énorme champignon blanc en métal sorti du plancher. Comme si elle cherchait à attirer leur attention, la femelle singe-araignée n'arrêtait pas de rebondir dessus.

— Préparez-vous au choc! les prévint Paul en s'accrochant à la rambarde métallique du puits central.

Un bruit sourd retentit. Ils eurent l'impression « d'être arrivés » quelque part.

— Nous avons touché le fond, indiqua le blond.

Ahuris, ils levèrent la tête. Ils étaient non seulement perdus dans une autre époque, mais aussi enfermés dans une nef spatio-temporelle engloutie sous des tonnes d'eau.

Penilène avait pâli.

— J'étouffe!

— C'est psychologique, tenta d'expliquer Paul. La teneur en oxygène n'a pas changé et…

Une sonnerie d'alarme lui coupa la parole.

Il se précipita vers une des consoles, pianota sur les diagrammes digitaux, plissa les paupières.

La jeune noire respirait difficilement. Elle croyait entendre l'air s'échapper de la nef par 1000 fissures. L'eau allait entrer, la pression les écraser. Ses nausées s'aggravèrent. Chad l'observait, l'air de dire qu'elle paniquait pour rien.

Faisant un effort sur elle-même, Penilène s'approcha de Paul.

— Tu y comprends quelque chose? demanda-t-elle.

— Ce sont des schémas.

Elle attendit d'autres éclaircissements, mais l'adolescent se tourna plutôt vers Chad.

— Je ne sais pas pourquoi Urantiane nous a conduits au fond de ce bassin, dit-il. Il va falloir sortir de la nef.

Cette idée terrorisa Penilène.

— Sortir! Ne serait-il pas plus simple de redécoller?

Paul ne répondit pas. Il ressemblait à un jeune Apollon. Mais pour l'heure, son visage était crispé.

Vivia déclara qu'il vivait une nouvelle transe.

— Ça recommence! s'énerva Penilène.

Urantiane parlait à Paul. Non par télépathie, comme l'avait fait Dame Uriella durant leur quête des quatre éléments, mais en lui suggérant des idées.

— Urantiane ne bougera pas d'ici, décréta soudain Paul, et nous perdons effectivement de l'oxygène. Redécoller n'est pas une option. Nous devons nous débrouiller autrement.

Penilène fit remarquer qu'ils étaient sous l'eau.

— Tu as raison. À 11 mètres très exactement sous la surface.

— Si on se mettait d'accord sur un plan d'action, proposa-t-elle en tentant d'oublier le danger d'asphyxie.

Ni Paul, ni Vivia, ni Chad ne semblaient enclins à l'écouter. Le blond marmonnait à l'intention d'Urantiane, Chad discutait avec Sheewa, Vivia s'était placée devant le mystérieux champignon blanc. Et, pour finir, le bruit de l'alarme leur cassait toujours les oreilles.

— Je vais vomir encore, les prévint Penilène, découragée.

Une ombre menaçante se profila au-dessus du dôme. Vivia poussa un cri d'horreur. Au même moment, l'alarme se tut.

— C'était quoi, ça? bredouilla Penilène.

Paul étudia les silhouettes de poissons qui défilaient sur son écran. Urantiane en sélectionna une. Un nom composé de lettres inconnues s'afficha.

— Je… commença Paul.

Mais il était incapable de prononcer ce mot.

— C'est un ompholus-drasius à dents de scie, traduisit Vivia en frissonnant.

Penilène n'avait eu que le temps de voir une masse d'écailles répugnantes terminée par une gueule qui n'aurait eu aucun mal à broyer une demi-douzaine de requins blancs entre ses mâchoires.

Un choc résonna contre la carlingue.

— Le monstre, balbutia Vivia.

Chad se plaça derrière elle.

Après s'être écarté de nouveau, l'ompholus revint à la charge. Cette fois, ils virent distinctement ses dents aiguisées, son faciès aplati et ses yeux étincelants. Le sol trembla sous les pieds des quatre jeunes.

Vivia pâlit.

— Il sait qu'on est là !

— Ridicule ! la coupa Paul. Urantiane est entourée en permanence par un bouclier d'énergie qui nous rend invisibles.

— Il sent notre présence, insista l'adolescente.

Penilène saisit le prétexte.

— Et toi, dit-elle à Paul, tu veux qu'on sorte !

— Mais c'est toi qui voulais !

Exaspéré, le jeune blond préféra changer de sujet et s'adressa à Vivia.

— Tu lis l'atlante ?

Vivia désigna le champignon : en réalité, une console tirée du même métal doux et tiède qui composait l'ensemble des meubles de la nef. Sur la plaque avaient été dessinés quatre losanges au-dessus desquels clignotaient des symboles en forme de pyramide.

— C'est un élémentum, expliqua Vivia en recouvrant un peu de son calme habituel.

— Les symboles sont les mêmes que ceux imprimés sur les dossiers de nos fauteuils, fit Paul d'un ton dubitatif.

— L'air, le feu, l'eau, la terre, récita Chad avec son étrange accent.

Vivia indiqua le losange sur lequel Sheewa lui avait demandé de poser sa main gauche.

— En alchimie, cette pyramide inversée représente l'eau, révéla Paul. Bien que j'aie du mal à imaginer en quoi notre alchimie serait reliée à l'Atlantide.

— Le singe t'a vraiment demandé de poser ta main là ? ironisa Penilène en scrutant, par delà le dôme, si le monstre ne revenait pas de leur côté.

Vivia haussa les épaules. Elle avait appris la langue atlante et vu des images rien qu'en appliquant sa paume gauche sur le losange. Et, à son avis, ses amis seraient bien avisés d'en faire autant.

Chad se risqua à l'imiter. S'il ne cria pas en « prenant contact », il grimaça. La leçon ne dura pas plus d'une minute.

L'ompholus revint et heurta la nef à deux reprises, forçant les jeunes à se tenir aux consoles ou bien à s'asseoir sur les fauteuils.

Chad jucha Sheewa sur ses épaules et, sans se préoccuper du monstre qui leur tournait autour, il se mit à fouiller dans toute la nef.

— Que cherches-tu ? railla encore Penilène.

Paul posa à son tour la paume de sa main sur le losange de l'élément air et tressaillit comme s'il était parcouru par des ondes électriques. Des mots écrits sous forme de symboles tourbillonnèrent dans sa tête. Une voix qui ressemblait à celle de Dame Uriella les lui énonçait. Les symboles se transformèrent ensuite en des lettres de l'alphabet romain ordinaire.

« J'apprends la langue », se dit-il, émerveillé.

Des images lui apparurent. Celle d'un immense oiseau de feu tenant une pierre entre ses serres, ainsi que plusieurs autres. Paul se demanda si ses compagnons avaient vu les mêmes. Au cas où ce ne serait pas le cas, il fit un effort pour les mémoriser.

Peu après, il rejoignit Chad.

— Vous êtes dingues, ma parole ! s'emporta Penilène.

— À toi, maintenant, souffla Vivia en guettant le retour du monstre.

Paul sortit la tête du puits et annonça qu'il avait trouvé des combinaisons de plongée dans un placard.

— Elles sont un peu bizarres, mais elles ressemblent aux costumes d'hommes grenouille que nous connaissons.

Elles étaient noires et faites d'un matériau chaud et souple qui n'était ni du tissu ni du caoutchouc. Un casque était assorti à la combinaison. Ils les enfilèrent.

— Tu es sérieux ? Tu veux toujours que l'on sorte ! geignit Penilène.

— Pas le choix.

— Où est passé le fainéant qui jouait sur son ordi toute la journée ?

— Et toute la nuit, aussi, ironisa Paul. Tiens, voici nos bouteilles d'oxygène.

Il lui montra les branchies artificielles ouvertes de chaque côté du casque.

— Tu es vraiment fêlé ! conclut la jeune noire.

Sheewa dévisageait Penilène d'un air sévère. Quelqu'un pouvait-il fermer le clapet de cette éternelle pessimiste ! Le singe femelle donna l'exemple et se laissa enfermer dans la combinaison de Chad.

— N'oubliez pas ceci ! dit Paul.

Il tenait dans ses mains de fines plaquettes d'un métal doré.

— Est-ce bien de l'or ? s'étonna Penilène.

— Nous en aurons besoin. Urantiane est vraiment épatante !

La réponse de Paul n'eut pas l'air de plaire à la New-Yorkaise. Comment un engin comme une nef ou une soucoupe volante ou un ovni — peu importait sa véritable appellation — pouvait-il être « épatant » ?

Elle avait un affreux mal de crâne, mais elle n'était pas tout à fait stupide. Elle fit un geste qui signifiait : « Temps mort. On s'arrête. Écoutez-moi. »

— Je crois qu'on va trop vite. D'abord, est-ce qu'on a vraiment besoin de sortir ? Je veux dire, avec ce monstre, dehors ! Paul, il y a sûrement des masques à oxygène dans ces placards ! Et puis, qu'est-ce qui nous attend à la surface ? Et…

Le jeune blond avait revêtu son casque : il ressemblait à un extraterrestre.

— Primo, répondit-il, Urantiane ne repartira pas. Les rayons lumineux qui nous ont attaqués semblent l'avoir endommagée.

— Elle te l'a dit ?

Il hocha la tête sans répondre.

— Et il n'y a que 11 mètres d'eau entre nous et la surface. On n'est quand même pas au fond d'un océan !

— Onze mètres et un monstre avec une gueule comme six requins blancs ! s'écria Penilène.

Elle se tourna vers Vivia qui semblait craindre l'ompholus autant qu'elle.

— Dis-lui, toi !

— Vivia est avec moi, décréta Chad.

— La belle affaire !

Penilène dévisagea tour à tour Chad, qui leur avait déjà, et à maintes reprises, prouvé sa bravoure, et Paul, le fils de riche paresseux. Était-il vraiment possible que le blond prétentieux — qui, il n'y a pas si longtemps, faisait la honte de son père — se soit déjà transformé en un héros de bandes dessinées ?

— Mais, répéta-t-elle, nous ne savons rien de…

— Grâce à l'élémentum, nous connaissons au moins la langue, dit Vivia, moins craintive depuis que Chad lui avait promis son aide.

Le jeune asiatique débloqua le panneau au fond du puits. L'eau noire « sans doute glacée et infestée de dents pointues », songea Penilène, commença à monter vers eux.

Chad la poussa dans le dos, et elle descendit l'échelle comme une somnambule.

— Vraiment, je ne suis pas d'accord. Je vous répète que le...

Chad exhiba son révolver vibratoire. Sans doute voulait-il lui faire comprendre qu'ils ne seraient pas sans défense advenant une attaque du monstre.

— Tout va bien aller, fit Paul.

Penilène serra brièvement son bras. À cet instant plus qu'à aucun autre, elle avait besoin d'être rassurée.

Chad remonta la fermeture de sa combinaison sur la petite tête de Sheewa qui était bien courageuse, elle aussi. Puis, il sauta dans l'eau.

Sachant que Penilène ne savait pas nager, Paul lui avait promis de ne pas la lâcher.

— Il va falloir nager vite et gagner la surface.

— À la grâce de Dieu! s'écria alors la jeune noire en sautant à son tour.

Chad et Vivia les rejoignirent. Urantiane referma le panneau derrière eux.

Désormais, ils étaient seuls en Atlantide et livrés à eux-mêmes...

Séparation

Les premières secondes furent les plus effrayantes.
Sitôt sorti, Chad alluma une torche sous-marine. Il
prenait ainsi le risque d'attirer sur lui l'attention
de l'ompholus. Il lâcha Vivia et fit signe à ses amis de
monter. Puis, resté seul en arrière, il attendit.

Penilène s'accrochait au cou de Paul comme une
sangsue. Ils remontaient doucement grâce à leurs
combinaisons qui se gonflaient d'air. Cette technologie venait à point nommé.

Une forte vibration atteignit soudain leurs
jambes.

«Nager, nager, surtout, ne pas se retourner...»
songea Paul.

Dès qu'ils atteignirent la surface, Vivia demanda
à Paul d'allumer la torche qu'il avait prise avant de
partir.

— Où est Chad?

Une seconde détonation sous-marine retentit,
puis une troisième.

Quelques secondes s'écoulèrent. Puis, enfin, Chad émergea à une dizaine de mètres d'eux.

Il profita aussitôt de sa relative flottaison pour entrouvrir le haut de sa fermeture éclair afin de permettre à Sheewa de respirer.

Penilène tourna le visage dans sa direction et but une tasse. Chad leur adressa un signe d'apaisement. Avait-il eu raison, sous l'eau, du dangereux ompholus?

Peu après, une masse noire, compacte et énorme, fondit sur eux.

Le navire était en pleine manœuvre d'accostage. Arrivant du canal principal menant à la cité, il devait s'amarrer à un des docks. Sa poupe creusa la surface du bassin et forma de hautes vagues couronnées d'écumes.

À peine eurent-ils la chance d'entrevoir le ciel lourd de nuages et l'étrange symbole peint sur le flanc du navire — deux mandorles entrelacées dans un cercle surmonté d'un ankh — qu'ils furent submergés.

Équivalant à la force d'une voiture qui vous percute de plein fouet, le choc sépara Vivia, Paul et Penilène. Puis, inconscient du drame qu'il venait de provoquer, le navire vint se placer entre Paul et Penilène d'une part, et Chad et Vivia de l'autre.

Quelques gouttes de pluie s'écrasèrent sur leur visage. De petits remorqueurs se positionnèrent de part et d'autre du navire. Un instant, Paul leva les bras pour attirer l'attention des marins, mais une autre vague l'entraîna plus loin avec Penilène. Juste avant d'être soulevé par la vague, Paul vit que Vivia était maintenant très proche de Chad. Il aperçut Penilène sur sa gauche et lui tendit son bras.

Le ciel perça. Une pluie battante hérissa la surface de millions de pointillés blanchâtres. Paul agrippa la jeune noire et se laissa porter par la vague en direction de la berge.

✳

Paul et Penilène touchèrent terre — non pas près des quais, où s'affairaient des esclaves et des marchands, mais plus loin, sur une langue de vase plantée de joncs — et restèrent immobiles, comme des mammifères marins échoués, le temps que passe l'averse.

À la lueur de ce qu'ils prirent d'abord pour des éclairs silencieux, ils se regardèrent. Ils avaient le visage noir de boue et les cheveux semés d'algues, mais ils étaient vivants.

— Chad, Vivia…, souffla Paul en se dressant sur un coude.

L'onde était sombre, illuminée par endroits non par des éclairs, mais par des rayons d'énergie tirant sur le bleu électrique. Balayant le ciel et la terre à partir de la cité, ces pales de lumière éclairaient le paysage, tels d'immenses projecteurs.

Paul expliqua à Penilène que c'étaient ces bandes de lumière et non des tirs de batteries antiaériennes qui avaient sans doute provoqué leur chute. Comment et pourquoi Urantiane avait-elle été déstabilisée par eux? Il ne le savait pas. Mais il se promettait de le découvrir.

La jeune noire pestait à cause des algues prises dans ses cheveux.

Paul se leva.

— Attends, supplia Penilène en crachant encore de l'eau, je…

Des grognements retentirent dans les fourrés alentour, et un chien féroce tenta de sauter à la gorge de Paul.

Terrorisé, l'adolescent ferma les yeux et attendit l'assaut. Il sentait déjà sur sa peau l'haleine fétide de la bête… quand une vibration familière heurta l'animal. Projeté à cinq pas, le chien couina d'étonnement et de douleur.

Un nouveau rayon de lumière balaya l'onde.

— Là ! fit Penilène.

Une minuscule tête surmontée d'un bras apparut au loin.

Paul reconnut Chad, armé de son pistolet vibratoire, et lui adressa un geste de remerciement.

Une ondée violente s'abattit. Pliés en deux, Paul et Penilène fuirent à travers champs. De temps en temps, ils glissaient dans des trous de vase, s'embourbaient, rampaient, retrouvaient la terre ferme sous leurs pieds.

— Les chiens ? geignit Penilène.

— Sais pas…, rétorqua Paul en forçant l'allure.

L'air était-il naturellement chaud et moite, ou leur combinaison particulièrement bien isolée ? Le fait est qu'ils n'avaient pas froid. Au bout d'un temps impossible à mesurer, ils traversèrent une palmeraie et s'abritèrent sous un muret de pierre près d'un pont qui scintillait dans la pénombre.

Longeant le mur, ils atteignirent une seconde muraille, en bronze, et levèrent la tête. Un brouhaha de conversations venait d'en haut ; preuve, selon Paul, qu'ils s'étaient rapprochés de la cité.

Penilène grommela qu'ils n'auraient jamais dû quitter les berges du bassin.

— On se serait fait manger tout rond! protesta le jeune blond.

Pourtant, en agissant ainsi, ils s'étaient irrémédiablement éloignés de Chad et de Vivia.

— Je n'ai pas réfléchi, finit par avouer Paul.

Une pluie fine tombait toujours, chaude, humide, avec des relents à saveur tropicale. Penilène était si fatiguée qu'elle avait de la difficulté à garder les yeux ouverts.

— Tu as du mal à respirer, toi aussi? s'enquit Paul.

Leurs oreilles bourdonnaient, comme lorsque l'on descend un peu trop vite d'un avion.

— C'est vraiment une autre époque, laissa-t-il tomber entre deux halètements.

Ils ouvrirent leurs combinaisons. Dessous, ils ne portaient que leurs sous-vêtements. Comment, dans ces conditions, se mêler à la foule de badauds qu'ils devinaient sur le tablier du pont?

À quoi ressemblaient les Atlantes? Y avait-il seulement des hommes de race blanche ou noire?

— Nous avons de l'or, dit Penilène.

La pluie ne semblait pas sur le point de s'arrêter. La nuit était bien installée et les passants de moins en moins nombreux.

— Nous n'allons pas tarder à pouvoir monter.

— Je suis épuisée et j'ai mal partout, déclara Penilène.

Elle s'allongea contre la paroi. Ils n'avaient toujours pas enlevé leurs casques.

— Nous ressemblons à de vrais extraterrestres ! lâcha Paul en souriant à demi. Si mes amis de classe pouvaient me voir.

— Et mes frères et sœurs ! répondit Penilène, triste de se retrouver si loin de New York.

Paul ne savait pas quoi répondre. Il palpa la terre sous ses fesses, tendit l'oreille. Il avait la certitude que le chant des d'insectes était différent de celui qu'il entendait, la nuit, en Arizona. Et cette terre dans ses mains était — il le réalisait soudain avec émerveillement — celle de l'Atlantide !

Une émotion poignante monta dans sa gorge, comme lorsque l'on est triste ou nostalgique et que l'on veut pleurer. Il pensa à ses camarades de classe qui avaient tous des vies ordinaires comparées à lui.

Penilène s'endormit. Paul était soulagé. Ainsi, elle se reposerait et il pourrait réfléchir à leur mission.

Ce mot aussi sonnait étrangement à son oreille. Après tout, ce que leur avait expliqué la Dame de Shamballa au sujet des sept cristaux perdus et de la fin des temps paraissait si loin !*

Il eut une pensée pour Chad et Vivia.

Avaient-ils survécu ?

Paul savait que Chad était un coriace, presque un héros. Ne leur avait-il pas sauvé la vie en combattant le monstre pendant qu'ils regagnaient la surface !

Il se rappela son père, sa dureté envers lui et les autres, sa philosophie.

« Les épreuves que t'envoie la vie sont nécessaires pour faire de toi un homme. Fais face, sois brave et je serai fier de toi. »

---

* Voir le tome 1 : Les porteurs de lumière.

Paul contempla Penilène, les piliers de ce pont fait de bronze, le ciel balayé par les rayons lumineux. Il sentait très fort, en lui et autour de lui, le poids et la présence de cette ville tentaculaire et mystérieuse.

«Oui, conclut-il en souriant, je crois que papa considérerait l'Atlantide comme une épreuve dans ma vie…».

Le cyclope

Chiman appartenait à la race des Nédjabs. C'était un être tout en muscles, avec un visage large, une pilosité abondante qui mangeait ses joues et son front, et une chevelure hirsute qui descendait sur ses épaules. Il était vêtu d'un long manteau en peau de bison et portait, outre une ceinture alourdie par un coutelas et des pochettes de cuir, un arc et un carquois rempli de flèches en métal. Mesurant près de 2 mètres 20, il faisait trembler le sol à chacun de ses pas. Ce qui le différenciait surtout des habitants de Posséïdonis était son œil unique dépourvu de cils et de sourcils, et la fixité de son iris jaune foncé.

Les Nédjabs ordinaires étaient utilisés comme gardes forestiers, surveillants des cultures et gardiens des bassins entourant la capitale. Ceux formés tous jeunes au combat étaient enrôlés dans des milices privées et allaient même, parfois, grossir les rangs de guerriers particulièrement féroces au service de l'État.

Chiman faisait sa ronde habituelle dans les cultures entourant le bassin de l'Est, quand son odorat l'avertit d'une présence étrangère dans les fourrés.

Il siffla dans son jiid, le tube en roseau à six trous, pour rappeler ses molosses partis comme des fous quelques minutes plus tôt, sans doute à la poursuite de quelques mulots ou renards. Car depuis 10 ans qu'il occupait son poste de surveillant, il n'avait surpris dans cette baie que quelques brigands et miséreux en quête de nourriture.

Cette fois-ci, pourtant, l'odeur était vraiment différente, menaçante. Lui qui se targuait de posséder un odorat très développé, il était à la fois curieux et effrayé de rencontrer des créatures affublées d'une odeur si particulière.

Son supérieur, un Atlane des plus respectables — mais ces hommes supposément civilisés à la peau cuivrée ne l'étaient-ils pas tous? —, l'avait bien averti. Ils vivaient une époque périlleuse comme l'Atlantide n'en avait encore jamais connue. Et il convenait, tout particulièrement dans les bassins dont ils avaient la garde, de faire preuve d'une extrême vigilance.

En découvrant le corps de Golub, son molosse préféré, il faillit se mettre à pleurer. Haletante, le regard vitreux, la bête semblait à l'agonie.

Une voix s'éleva soudain du mur de bambous et lui dit :

— Rassure-toi, il ne mourra pas et toi non plus.

Un chuintement vif retentit. Une fléchette de bois jaillit de l'obscurité et se figea dans la gorge du cyclope.

Chiman se l'arracha comme il l'eut fait d'une vulgaire brindille. Sa tristesse se mua en colère. Il fit face à son adversaire invisible.

Une créature fluette qui n'arrivait pas plus haut que sa poitrine apparut entre les roseaux. Toute noire, avec une tête sans yeux et des mains gluantes, elle le menaçait avec une arme inconnue.

Chiman était différent de ses congénères. Dans une situation imprévue, au lieu de réagir sans réfléchir, il prenait au contraire le temps de se rappeler les consignes de l'Atlane. Aussi sortit-il le communicateur en forme d'étoile qu'il gardait à sa ceinture.

L'être rangea son arme.

« Bien, songea Chiman. Il va peut-être accepter de me suivre sans résistance, ou alors m'expliquer pourquoi il a fait du mal à Golub. »

La créature sautilla jusqu'à lui. Chiman crut qu'il avait affaire à un simple d'esprit. Toutes les races du monde connu savaient, en effet, qu'affronter un Nédjab au corps à corps était comme essayer d'arrêter un bison en pleine course à main nue.

Chiman commença par rire. Quoiqu'en pense son supérieur atlane, il avait le sens de l'humour !

Il tendit son bras énorme pour repousser la créature, mais celle-ci se faufila comme une anguille. Poings refermés, elle le toucha exactement au sternum et au bas-ventre.

Chiman ressentit à peine les coups. Seulement, leur vibration se fraya un chemin jusqu'à son cœur. Il crut que sa poitrine explosait. Une chaleur comme il n'en avait jamais connue monta dans son crâne.

L'instant suivant, il vit tout blanc, tout noir, et s'écroula sur la berge tel un arbre abattu.

Chad ôta son casque.

— Il est mort? interrogea Vivia en écartant les roseaux.

— Juste évanoui.

Il s'agenouilla près du molosse qui respirait toujours. Sa langue pendait hors de sa gueule entrouverte. Le choc vibratoire avait touché ses poumons et les centres moteurs.

— Lui aussi devrait survivre, ajouta Chad en considérant le chien. Il y a des hommes, plus loin. Reste cachée. Je vais aller nous chercher des vêtements.

Il revint quelques minutes plus tard les bras chargés d'habits. Vivia n'osa pas imaginer comment Chad s'y était pris avec ces hommes dont il avait parlé, car si tous les Atlantes ressemblaient au monstre qu'il venait de terrasser, comment espéraient-ils passer inaperçus?

Chad se déshabilla. Sheewa, qui s'était absentée elle aussi, revint de son côté les mains chargées de petits fruits à la peau violacée.

Tout en observant Chad à la dérobée, Vivia croqua dans l'un d'eux et s'étonna :

— On dirait une figue.

Sheewa tenta de lui expliquer, en langue de singe, comment elle s'y était prise.

Chad, qui avait laissé son armure à bord d'Urantiane, ne portait plus que ses sous-vêtements et ses gantelets; sur le torse, son pendentif et ses cartouchières, et à sa taille sa ceinture. Il fouilla dans l'herbe, retrouva la fléchette qu'il avait tout à l'heure grossièrement taillée dans une jeune pousse de bambou.

Il marmonna qu'il allait devoir s'en fabriquer d'autres. Puis, il lança à la jeune fille ce qui ressemblait à une tunique en coton beige brodée d'or.

Penilène aurait sans doute été affreusement gênée de se dévêtir devant un garçon. Mais Vivia se changea sans même rougir.

De toute façon, Chad ne regarda pas un seul instant dans sa direction, mais creusa un trou pour cacher leurs combinaisons de plongée.

Lorsqu'elle eut enfilé la tunique d'homme trop longue pour elle, le garçon avait terminé son travail.

Vivia n'osait pas lui demander s'il avait dû se battre pour se procurer ces habits et si, le cas échéant, il les avait volés. Chad devança sa question et déclara qu'il avait laissé aux deux malheureux gardiens une lamelle d'or chacun pour les dédommager.

Sur le coup, Vivia songea qu'il avait bien agi — enfin, selon leur critère de ce qu'était l'honnêteté dans leur monde. Par la suite, elle se dit que deux lamelles d'or pour ces hardes, c'était sans doute trop cher payé.

Des grognements s'élevaient au loin.

— Paul ! Penny ! murmura-t-elle.

— Nous allons les retrouver, décida Chad.

Vivia combattit un vif étourdissement, mais sourit. Elle savait qu'avec le garçon, elle ne craignait rien.

« Quoiqu'il arrive, se dit-elle, j'ai confiance. »

Le gamin des rues

Paul était resté éveillé une bonne partie de la nuit. Malgré les émotions de la veille, cela n'avait pas exigé de lui un effort particulier, car il vivait volontiers à l'envers : jouant à des jeux vidéos sur Internet avec d'autres adolescents dans le monde pendant que ses parents dormaient, dormant pendant que son père travaillait. Enfin, lorsqu'il n'allait pas en classe.

Depuis son enlèvement et le début de ce qu'il n'avait pas le choix d'appeler «sa nouvelle vie», toutes ses routines antérieures avaient été balayées. En se réveillant, par exemple, il était volontairement resté dans un état de demi-sommeil et s'était joué, dans sa tête, un mensonge rassurant.

Pendant quelques minutes, il avait en effet imaginé qu'il se trouvait non pas allongé sur le sol contre une muraille, en Atlantide, mais dans sa chambre d'adolescent, dans son Arizona natal. Un domestique de la maisonnée viendrait bientôt le tirer du lit. Un employé de son père le conduirait au collège en Jeep.

La délicieuse odeur des pâtisseries préparées avec amour par Rosa, la cuisinière mexicaine, l'accompagnerait durant toute sa journée d'étude.

Le jour se levait. Enfin, il semblait à Paul que le ciel rosissait au-dessus de sa tête tandis que, vers l'ouest, le manteau de la nuit pesait encore sur les montagnes lointaines.

Les paupières mi-closes, l'adolescent tendit l'oreille. Le chant nocturne des insectes avait changé. Et outre le souffle régulier de Penilène, qui dormait toujours à ses côtés, il entendait sur le tablier du pont s'affairer des hommes et des femmes. Voyageurs, artisans ou marchands, il ne savait pas. Mais des arômes d'épices venaient chatouiller ses narines.

Lui qui avait toujours faim, il s'étonna de s'être endormi le ventre vide. Ces odeurs venaient-elles de fruits fraîchement cueillis? De petits pains sortant du four? Il rêvait d'un hamburger tout garni, mais doutait que les Atlantes connaissent ce genre de mets. Il sortit deux plaquettes d'or et escalada la pente pour jeter un coup d'œil à ces va-et-vient et à ces coups de marteau.

Il murmura à Penilène, toujours endormie, qu'il allait revenir.

Au bout de quelques mètres, il réalisa cependant combien il était fou de tenter ainsi le diable. Étranger dans un monde inconnu, vêtu d'une combinaison d'homme-grenouille qui lui donnait l'apparence d'un monstre, il avait toutes les chances de se faire arrêter ou même abattre sans sommation.

Le corps baigné de sueurs froides, Paul resta recroquevillé contre le tablier du pont. Derrière un mur de bambou se promenaient les citadins. Des véhicules silencieux s'arrêtaient. Des hommes en descendaient pour décharger des cageots de victuailles. De jeunes hommes installaient des tréteaux tandis que des femmes plaçaient des fruits, des légumes, des graines, des plats préparés, mais aussi des étoffes de couleurs, des chapeaux, des gants et d'autres ustensiles et appareils d'utilité quotidienne sur les tables.

À la fois effrayé et fasciné, Paul assistait au montage d'un marché en plein air installé sur le pont couvert. Un rapide calcul lui amena une foule d'informations.

Sans doute les marchands disposaient-ils de places assignées qu'ils occupaient chaque matin. Ce pont — il devait y en avoir d'autres le long de la vaste enceinte — était un endroit stratégique pour vendre toutes sortes de marchandises aux travailleurs qui entraient dans la ville et à ceux qui en sortaient.

Son ventre grognait de faim. D'ordinaire, il serait sorti en courant de sa cachette pour faire ses achats... avec la carte de crédit de son père! Mais considérant la situation, il se força à rester caché et à réfléchir.

Tout d'abord, malgré la fraîcheur de l'aube, il devait se débarrasser de son effrayante combinaison.

Mal à l'aise, frissonnant, il resta aux aguets une bonne demi-heure en sous-vêtements derrière les taillis, à observer les marchands et leurs clients.

Somme toute, ce marché devait ressembler à ceux qui existaient dans toutes les petites villes d'Amérique durant les fins de semaine.

Des enfants se faufilaient au milieu des adultes. Chassés par les marchands, ils revenaient à la charge comme des mouches sur une tranche de viande.

Les clients, des femmes surtout, accompagnées par des hommes portant d'épais colliers autour du cou — ces derniers se chargeaient de transporter les denrées — marchandaient les prix avec énergie.

Paul trouvait formidable de les écouter et, surtout, de les comprendre. Ces gens auraient tout aussi bien pu parler sa langue que cela ne l'aurait pas étonné. Il ouvrit la bouche, pensa à une phrase simple du genre : « Bonjour, comment ça va ? » Les idées se formulaient dans sa langue natale, puis sortaient de ses lèvres… en atlante !

Sur le coup, ces sons lui parurent étrangers et discordants même s'ils traduisaient fidèlement sa pensée originelle.

Génial !

Une main tapota son épaule ; il sursauta. Penilène le considérait, les yeux écarquillés.

— Qu'est-ce que tu fiches ici ? bredouilla-t-il.

— Tu es tout nu.

— Ce n'est pas vrai ! Et puis (il banda les muscles, rentra son ventre), ne suis-je pas beau ?

Elle détourna le regard.

— Tu es ridicule.

— En tout cas, mieux vaut être torse nu que d'être pris pour un monstre. Redescends, j'ai une idée…

Penilène se laissa glisser le long de la pente. Si Paul voulait faire le malin, cela le regardait. Quoique…

D'en bas, elle le traita de fou. Alors, toujours en murmurant, Paul lui proposa de prendre sa place. N'entendant plus aucune remarque, il sourit et se concentra.

Il ne fallait pas se tromper.

Parmi les enfants qui chahutaient, il en voyait plusieurs qui tendaient la main pour demander l'aumône à une ou plusieurs clientes. Les esclaves ou domestiques de ces femmes les menaçaient d'une volée s'ils ne déguerpissaient pas. Mais un d'entre eux, plus perspicace ou plus affamé que les autres, semblait savoir s'y prendre...

Paul l'observa.

Avait-il plus de chance ou de technique que ses camarades ? Une fois sur trois, il réussissait à arracher quelques pièces à ces riches citadines sans trop se faire taper dessus.

Au bout d'une demi-heure, alors que le jour remportait la victoire sur la nuit, que des gongs sonnaient dans la cité et que le chant des oiseaux supplantait celui des insectes, le garçon comptait ses pièces tandis que les autres chapardeurs se frottaient bras et jambes.

Paul vit le jeune entraîné dans sa direction par les autres garçons. Par jalousie ou à cause de leur faim grandissante, ceux-ci lui sautèrent dessus et le dépouillèrent de ses gains.

Sans sortir de sa cachette, Paul imita le ton sec et sévère de son père.

— Holà ! s'écria-t-il, bande de bons à rien ! Laissez ce garçon et filez avant que je me fâche !

La réaction des enfants fut immédiate. Terrorisés par ce ton autoritaire, ils filèrent sans demander leur reste.

Paul tendit sa main au travers du mur de bambou et saisit le jeune mendiant par le col. Pour prévenir toute réaction agressive de sa part, il plaqua sa main sur sa bouche et murmura à son oreille :

— Si tu veux être riche, n'aie pas peur et tais-toi...

D'abord effrayé, le garçon ouvrit de grands yeux. Paul lui sourit pour l'amadouer.

— Comment t'appelles-tu ?

Orphelin de père et de mère, âgé de huit ans à peine, Kimi était un mulâtre brun de peau et de cheveux. Ses yeux noirs brillaient d'intelligence, il ressemblait à un véritable feu follet. Mal nourri, il flottait dans ses hardes trop larges. Paul remarqua son cou labouré par de longues cicatrices et ses mains déformées par la misère et la malnutrition. Tout bien considéré, à part l'ovale naturel de son visage et sa peau mate tachée de poussière, ce garçon possédait déjà une expérience de la vie qui manquait à bien des hommes.

Pourquoi l'orphelin se livra-t-il aussi spontanément à l'inconnu blond qui avait l'air de craindre les autorités ? Paul ne chercha pas, pour une fois, à analyser la situation, et fit à son jeune ami une proposition qu'il ne pourrait pas refuser.

— Tiens, voilà une plaquette d'or pur. Va m'acheter des vêtements (il lui donna un ordre de grandeur pour des habits d'homme et de femme). Lorsque tu reviendras avec, je t'en donnerai autant !

Kimi prit la plaque entre ses dents et en vérifia l'authenticité. Ses yeux si vifs l'instant précédent se firent rêveurs.

— Tu es un étranger ?

— Je viens de loin.

— Tu es seul ?

— Va et reviens vite. Tu ne le regretteras pas.

L'enfant empocha la plaquette d'or et disparut.

Le cœur de Paul battait à tout rompre. Quelle folie l'avait poussé à remettre son sort et celui de Penilène entre les mains de ce garçon des rues !

Durant les minutes qui suivirent, il imagina toute sorte de catastrophes. Et si Kimi revenait avec des marchands ou même avec des gardes ? Il se sentait si démuni qu'il regretta l'absence de Chad. Le jeune asiatique aurait su quoi faire et, surtout, comment le faire avec force, calme et détermination.

D'en bas, Penilène avait assisté à toute la discussion. Sans adresser le moindre reproche à Paul, elle attendit avec lui la suite des événements...

L'obélisque de Poséidon

Au même moment, sur les berges du bassin de l'Est, Chimon adressait son rapport à son supérieur.

L'Atlane, un homme au visage mutin et au regard calculateur, serrait nerveusement entre ses mains les plis de sa longue toge. Un esclave avait beau l'éventer, il sentait les coulées rouge et or de son maquillage se répandre sur ses joues creuses et son menton. Il avait très chaud sous sa perruque de cour. Cela faisait trois fois, cette semaine, qu'un de ses Nédjabs manquait à ses devoirs.

Il écouta les explications embrouillées du cyclope et ne put s'empêcher, une fois encore, de mépriser cette sous-race d'individus tolérés dans l'empire parce qu'ils accomplissaient les basses besognes.

— Un monstre noir, laissa-t-il tomber, dédaigneux.

Chimon s'accroupit devant Golub qui léchait ses grosses mains et assura que son fidèle molosse avait combattu une créature inconnue.

Derrière eux se tenaient deux questeurs affublés de la toge de cérémonie du palais : autrement dit, des envoyés officiels du Chambellan, principal fonctionnaire du cabinet impérial.

L'Atlane n'en menait pas large. Sa réputation souffrait des bévues commises par ses ouvriers esclaves. Ces bassins, dont il avait la responsabilité, étaient à la fois les ports de plaisance des riches nobles de la cour et le grenier de la cité puisque, tout autour, étaient répartis les plantations et les champs qui nourrissaient chaque jour une partie de la population.

Conscient des bévues de son Nédjab, il se répandit en excuses auprès des envoyés de l'empereur. Mais ceux-ci semblaient moins intéressés par son histoire de «créature inconnue» que par les étranges vêtements que les molosses du cyclope avaient découverts, dissimulés sous une roche.

Un questeur ordonna que ces vêtements soient rapportés au palais. Puis ils discutèrent, entre eux, d'une étrange affaire. Les prêtres de l'Un, l'une des deux religions officielles de l'empire, avaient eu dernièrement une série de songes. Outre la grande et périlleuse affaire qui menaçait le gouvernement, ils avaient prophétisé la venue de quatre «éléments perturbateurs» et celle d'une boule de lumière venue de très loin.

Laissé en dehors de la conversation, l'Atlane grimaçait. En quoi ce «monstre» surpris par son Nédjab pouvait-il avoir un lien quelconque avec les inquiétudes des deux questeurs ?

Ceux-ci remercièrent le chef des bassins et prirent congé. Frustré d'avoir eu à s'expliquer devant les envoyés du Chambellan impérial, l'Atlane renvoya Chimon à ses tours de garde.

— Et, de grâce, ne manque plus à tes devoirs ! Sinon...

Le cyclope pâlit. Il avait à la maison six enfants, plus ses molosses et une femme à nourrir : il ne pouvait se permettre de perdre son emploi.

Tout en clignant de l'œil sous les feux conjugués des deux soleils qui éclairaient le ciel depuis déjà une année entière, il n'arrivait pas à comprendre en quoi le fait d'avoir rapporté son incident de la nuit à son supérieur pouvait constituer une offense aux yeux de ce dernier.

Mais chacun savait que les Atlanes, comme les Goptes et les Posséïdonésiens, les races qui dominaient l'empire, étaient des êtres compliqués, capricieux et difficiles à cerner.

✳

Le jour était levé depuis trois heures déjà, et Paul et Penilène n'en revenaient toujours pas. Le ciel était d'un beau bleu azur. Après les pluies torrentielles de la nuit, la journée s'annonçait chaude et humide. Mais ce qui ne cessait de les étonner et même de les effrayer, c'était cette deuxième étoile aussi brillante que le soleil.

Paul se tourna vers Kimi qui ne les lâchait plus d'une semelle.

— D'où vient ce second soleil ?

Le garçon les considéra avec effarement. Comment des êtres vivants sur Terre pouvaient-ils ignorer ce phénomène qui semait la panique dans tous les pays du monde !

Tout en les guidant au milieu de la foule des citadins, il répondit que Garabalh, l'étoile funeste de l'Un, était envoyée pour punir tous les Atlantes de leurs péchés. Enfin, c'était ce que les prêtres colportaient partout dans les rues, les temples, les palais, et jusque dans les demeures privées.

Paul et Penilène échangèrent un regard perplexe.

La jeune noire marchait comme dans un rêve. Tôt, ce matin, ils s'étaient régalés des fruits et des pains au miel rapportés par Kimi. Puis, ils avaient revêtu les vêtements que le garçon avait achetés pour eux : un pagne et une courte tunique de coton blanc pour Paul. Une robe faite d'une même pièce de tissu bariolé, nouée à la taille et brochée entre les seins, et une paire de sandales tressées en fibre de roseau très confortable pour Penilène. Un voile ample et transparent posé sur sa tête tenu par des agrafes en laiton lui composait une tenue jugée respectable par l'orphelin.

Paul arborait quant à lui une taglière sur sa tunique. Ce manteau tombait droit sur les cuisses, mais il était ouvert sur le devant. Ses manches bouffantes étaient le signe de reconnaissance de la caste des étudiants. Une sorte de tuque en serge noire cachait ses cheveux blonds et il portait aux pieds des casagues en feuilles de bambou huilées et séchées à semelles de résine de bananier ; sorte de chaussures d'été ouvertes aux orteils censés symboliser la piété et l'humilité des classes étudiantes.

Kimi s'esclaffa en les voyant.

« J'aime son rire », se dit Penilène, soudain prise d'un accès de nostalgie familiale, car le jeune Atlante avait des airs de ressemblance avec Arthur, son jeune frère.

Paul voulait voir la cité à partir du point situé le plus loin possible du sol. Y avait-il une tour d'où il pourrait se faire une idée de l'ampleur de Posséïdonis?

Autour d'eux régnait un désordre indescriptible. S'ils avaient eu, tôt le matin, l'impression de se balader dans un double de la Rome antique, ils marchaient à présent au milieu de citadins en proie à la peur et même à la panique.

Penilène avisa un groupe de prêtres qui haranguaient leurs fidèles. Une fois encore, Kimi expliqua :

— Ce sont des Fils de Bédial.

— Bédial? s'étonna Paul.

Kimi plissa les yeux. Ces étrangers ne connaissaient décidément rien aux us et coutumes de Posséïdonis.

Les Fils de Bédial et ceux de l'Un étaient les fidèles des deux principales religions de l'empire. Kimi lui-même ne savait presque rien de leurs croyances. Tout ce qu'il pouvait en dire, c'était que lorsqu'il avait faim, il se tenait volontiers du côté des temples des Fils de Bédial, où il était sûr de trouver des restes de nourriture dans leurs poubelles. Et, quand il avait peur, il trouvait chez les Fils de l'Un une couche de grain et un prêtre pour les garder durant les nuits sans lune.

— Ils nous lisent leurs livres de prières et ça nous endort, plaisanta-t-il.

Il leur fit traverser une vaste esplanade au centre de laquelle s'élevait un temple magnifique. Plus au sud se trouvait un bois. Kimi l'appela le « bois sacré de Poséidon ».

Penilène nota que le garçon portait des cicatrices : une sur le front, une autre sur la joue.

— On t'a battu ? demanda-t-elle avec douceur.

Kimi haussa les épaules : tous les gamins des rues se battaient, à Posséïdonis !

Paul calcula que le pont les avait conduits, par-delà trois enceintes, au centre de la cité qui était construite sur un modèle concentrique. Trois cercles de terre entourés de trois cercles d'eau composaient en effet une sorte de roue gigantesque. Sur chaque bande de terre s'élevaient des maisons privées collées les unes contre les autres, mais aussi des bâtiments administratifs, des hippodromes, des bains publics, des temples, des jardins et des palais.

Chaque cité — car aux dires de Kimi, il y en avait trois distinctes — possédait son enceinte : une muraille qui faisait le tour de Posséïdonis. La première était en bronze, la seconde en étain et la troisième, qui protégeait directement le palais impérial et l'acropole de Poséidon, en orichalque.

Ce mot sonna familièrement aux oreilles de Paul. N'en avait-il pas entendu parler lors de leur précédente aventure ?

Ils se retrouvèrent, ébahis, devant un immense jardin planté de statues, de promenades ombragées par des rangées de colonnes, d'arceaux et de portes monumentales. Les ors et les marbres gris, bleus, rouges et noirs se disputaient avec la lumière laiteuse du jour.

Un garde s'approcha de leur groupe. Ce n'était pas la première fois. Kimi, qui s'était lui aussi vêtu de neuf au marché, s'avança et discuta à voix basse avec le militaire.

Vêtu de sandales et d'une armure légère passée sur sa tunique de coton, l'homme ressemblait assez aux statues de guerriers macédoniens que Paul avait pu voir sur Internet lors de diverses recherches.

— Que lui as-tu dit? voulut savoir Penilène, soupçonneuse malgré elle, lorsque le garde passa son chemin.

Kimi frotta son pouce contre son index et son majeur : un geste universel compréhensible dans toutes les époques et chez toutes les races.

— Tu lui a donné des pièces!

Le garçon avait été assez malin, au marché couvert, pour se procurer leur nourriture et leurs vêtements chez plusieurs fournisseurs différents. Les lamelles d'or lui avaient laissé un sac à moitié rempli de pièces de bronze. Depuis, apparemment, il «achetait» leur passage à chaque poste de garde.

Si Penilène comptait bien, ils s'étaient déjà faits «contrôlés» à six reprises. Et chaque fois, Kimi avait soudoyé les sentinelles.

Malgré la chaleur et la touffeur insupportables de l'air, elle frissonnait. Il se dégageait de cette cité une nervosité, et même une hystérie qui donnait la chair de poule. Les gens marchaient vite sans se regarder. Souvent, ils levaient les yeux au ciel et tombaient à genoux. D'autres gardaient la tête baissée sur les pavés. D'autres, encore, buvaient et festoyaient sans retenue.

— Montons sur cet obélisque dont nous a parlé le gamin, souffla Penilène à l'oreille de Paul.

Kimi renifla. Ces étrangers étaient suspects. Mais ils étaient les seuls, aussi, à lui être venus en aide depuis très longtemps. Il fit un rapide calcul et convint qu'il ne gagnerait pas davantage en les vendant aux autorités...

— L'entrée est par ici! indiqua-t-il.

Ils levèrent la tête, aperçurent les langues de lumière émanant du sommet. Paul repensa aux rayons qui avaient déstabilisé le vol d'Urantiane. Kimi remarqua son air perplexe et expliqua que des cristaux, placés au faîte de l'obélisque, donnaient vie à la métropole.

Paul voulut demander d'autres éclaircissements, mais une petite foule s'agglutinait devant la porte.

Ils s'engouffrèrent dans un étroit escalier en colimaçon. L'obélisque, entièrement recouvert d'orichalque, était depuis des siècles un des symboles de la puissance atlante dans le monde, et le plus haut édifice de la métropole.

— Je n'aime pas cet endroit, fit Penilène. Trouvons le premier cristal et repartons.

Paul sourcilla. Avait-elle oublié qu'ils devaient aussi retrouver Chad et Vivia!

Ils débouchèrent sur un belvédère de pierre. L'édifice culminait à une hauteur d'environ 150 mètres, et la chambre des cristaux se trouvait au-dessus de la rotonde. Ils s'accoudèrent, comme les autres citadins, aux rambardes de sécurité qui les protégeaient du vide.

— Que cherchons-nous, au juste? s'enquit Penilène.

Paul ne répondit pas tout de suite, car le paysage était une vraie merveille. Que n'aurait-il donné pour avoir encore son téléphone cellulaire !

Le belvédère permettant de découvrir le panorama sur 360 °, ils en firent le tour complet.

Planté presque au centre de la roue de terre et d'eau constituée par la métropole, l'obélisque dévoilait les merveilles de la cité et de la vaste plaine qui l'entourait.

Ce qui sautait aux yeux était le parfait alignement des trois ponts couverts jetés chacun dans une direction cardinale différente, et, devant eux, face au sud, le long et droit canal qui reliait la capitale atlante à la mer. Tout autour de la cité, ce n'étaient que bassins, champs cultivés, vergers et pâturages. Au loin, sur trois côtés, s'élevaient d'énormes montagnes couronnées par des glaciers et des neiges éternelles.

Plus proche d'eux, scintillant sous les feux des deux soleils, l'éclat des murs d'albâtre mélangé aux parois recouvertes de plaques d'orichalque, de marbre noir, de cuivre ou d'or était insoutenable. Certains édifices étaient coiffés de cônes constellés de pierrailles semi-précieuses comme le jade, l'améthyste et le cobalt.

— Alors ? le pressa la jeune noire. On cherche quoi ?

Paul revit en pensées les images issues de l'élémentum quand il avait appris la langue atlante.

— L'oiseau de feu, récita-t-il de mémoire. Il volait vers le soleil couchant et tenait un cristal dans ses serres.

— Je ne vois rien de tel! laissa tomber Penilène, dépitée. Nous avons escaladé des millions de marches pour rien.

Kimi montra du doigt une colonne de lumière ourlée de feux pourpre et ocre qui sourdait derrière de hauts murs encadrant un jardin.

— Regardez! Voici la célèbre colonne de Nebalom.

Autour d'eux, les citadins s'étaient agenouillés pour prier. Certains brandissaient des pendentifs en forme de cercle fendu d'une croix. D'autres, un reliquaire représentant un taureau — l'Apis-roi, comme ils l'appelaient.

Paul comprenait vaguement que le premier symbole appartenait à la caste des Fils de l'Un, et l'autre, le taureau, à celle des Fils de Bédial.

Un mouvement de foule les repoussa dans le vestibule de l'escalier. D'autres fidèles montaient, se pressaient, se poussaient. Là encore sourdaient la peur et l'angoisse.

Soudain, un homme glissa et tomba du belvédère. Son hurlement déchira l'air.

— Un accident? s'étonna Penilène, effrayée à l'idée de tomber elle aussi.

Kimi leur jeta un nouveau regard lourd de suspicion. Ces étrangers ne savaient-ils pas que la peur inspirée par l'étoile de Garabalh causait des suicides dans les trois îles maîtresses de l'Atlantide et même ailleurs dans le monde?

L'enfant se demandait sérieusement s'il avait fait le bon choix en aidant ces étrangers. Il soupesa son sac rempli de pièces. En aurait-il suffisamment pour vivre? Et pendant combien de temps?

Penilène insista pour redescendre. Elle sentait les regards mauvais de la foule, elle avait l'impression d'étouffer.

Lorsqu'ils atteignirent la base de l'édifice, Kimi leur proposa de prendre des rafraîchissements.

— Il y a des échoppes, pas loin. À l'ombre d'un palmier, avec de bons jus de mûres et de pêches coupés de lait de coco entre les mains, on se sent mieux !

Ils traversaient l'esplanade lorsqu'ils furent brutalement arrêtés par une demi-douzaine d'hommes en arme. Kimi s'élançait pour échapper à leurs poursuivants quand une main le saisit par le col de sa nouvelle tunique.

En reconnaissant un des marchands chez qui il avait acheté les vêtements de Paul et de Penilène, il réalisa sa bêtise.

Il fallait en effet être bien innocent pour croire que des hommes resteraient sans réaction devant un enfant des rues, mulâtre gopte de surcroit, qui se retrouvait soudain en possession d'autant d'argent…

La nuit étoilée

— Je suis sûre, dit rêveusement Vivia à Chad en jouant avec son pendentif, que Paul pense exactement à la même chose que nous en ce moment.

Plus de la moitié de la journée avait passé. Le jour se couchait dans une féerie de nuages couleur de feu et de cendre. Sur un des quatre monticules semés d'herbes folles appelées un peu cavalièrement « les mamelles de la Terre sacrée », Vivia et Chad, qui passait aux yeux des gens pour son domestique de race asienne, contemplaient le ciel.

L'adolescent ne répondit pas. Où que Paul et Penny se trouvassent, ils étaient sans doute ensemble. Quant à savoir si le jeune blond songeait à la nef Urantiane, il le pensait, oui, car son instinct lui disait qu'entre la soucoupe et lui s'étaient établis des liens subtils autant que mystérieux.

Ils avaient réussi, le matin, à trouver de la nourriture et à gagner sans encombre la cité en empruntant l'allée piétonnière qui longeait le grand canal de Poséidon.

— Oui, insista Vivia, les yeux mi-clos, Paul pense à Urantiane et il se demande pourquoi elle nous a en quelque sorte conduits à Posséïdonis.

Chad lui lança un coup d'œil à la dérobée. Les premiers vêtements qu'ils avaient portés étaient sales et trop grands pour eux. Sur la promenade qui menait à la porte d'or, ils avaient abordé un vendeur ambulant et échangé une de leurs tablettes contre des habits plus convenables.

La jeune fille portait une tunique de coton blanc liserée de fil d'onacre rouge. Chad s'était fait expliquer que l'onacre était un ver à soie qui ne vivait qu'ici, sur Possidia, la péninsule principale de l'empire atlante située proche de ce que les habitants de la mer intérieure de l'Est appelaient les piliers d'Herculanes. Il y avait, bien sûr, d'autres vers à soie sur Ogme et Ariès, les deux autres petites îles continentales, sises l'une devant le grand continent sauvage de l'ouest et l'autre plus au sud dans le grand golfe d'Abonis. Mais qu'ici, ces vers donnaient les plus beaux fils.

Un serre-tête en bronze était posé sur ses cheveux, car le vendeur avait affirmé que dans la capitale, tous les jeunes de race possidienne, comme Vivia, se devaient de porter une parure.

— Comment me trouves-tu ? avait-elle ingénument demandé au garçon.

Chad avait grommelé quelques instants en considérant ses propres vêtements en gros grains beiges et gris coupés court sur les jambes — ceux, en fait, réservés en Atlantide aux fils et aux filles d'Asies, le dieu déchu à la peau jaune.

Mais passer pour un domestique, voire pour un esclave, ne dérangeait pas vraiment Chad, car pour lui, seule importait leur mission.

Juchés au sommet du monticule au milieu de centaines d'autres jeunes, ils observaient donc le ciel...

Ils étaient les seuls à être impressionnés par les magnifiques nefs volantes qui décollaient du port pour rallier les cités des 11 principales colonies atlantes situées en des points différents de la Terre. Ces navires tirés dans le ciel par d'immenses voiles d'or déployées au-dessus des coques étincelantes étaient chargés de quantités d'objets et de denrées produites sur les trois îles.

Chaque soir, disaient ceux qu'ils avaient interrogés, il en partait une douzaine, autant par la voie des airs que par celle des eaux. Le matin, d'autres vaisseaux arrivaient dans les bassins et ramenaient des denrées produites par les 11 colonies.

Vivia demeurait silencieuse, le regard perdu sur les étoiles. Plus particulièrement sur celle qui semblait embraser le ciel et sur les rayons de lumière qui, partant de la haute tour de Poséidon, jetaient ses longs bras sur la cité. Chad se mit à jouer avec Sheewa. La femelle singe-araignée avait disparu de son côté durant plusieurs heures — sans doute avait-elle trouvé des amis primates dans les arbres de la cité. Chad l'avait bien mise en garde : elle devait se méfier des marchands de viande ambulants qui n'hésitaient pas à servir aussi de la viande de singe!

Sheewa était venue les rejoindre lorsqu'ils avaient rallié les groupes de jeunes.

Chad fit le point de la situation. Ils avaient cherché tout le jour sans trouver trace de leurs amis. Il faut dire que la capitale comptait plus de 200 000 habitants et que les rues grouillaient de monde.

Vivia secoua la tête.

— Ils sont tristes, seuls et en peine. Je le sens, là, dit-elle doucement en posant sa main sur son cœur.

Elle laissa reposer sa joue contre l'épaule de Chad. Conscient qu'ils avaient beaucoup marché et que Vivia devait être épuisée, le garçon demeura immobile.

Toute la journée, ils avaient tenté de découvrir le premier indice devant les mener au cristal qu'ils recherchaient : le fameux oiseau de feu tenant une pierre dans ses serres.

Mais ils n'avaient trouvé cet extraordinaire volatile ni dans les jardins ni parmi les centaines de statues érigées partout dans la métropole.

— Nous ne sommes arrivés que la nuit dernière, tenta de la rassurer Chad. Demain, nous…

Il se tut, car les jeunes autour d'eux avaient commencé à chanter. Avec leurs mains, ils battaient la mesure sur des tambours de fortune.

Cette réunion aurait pu ressembler à une fête : il n'en était rien. Le chant était grave, le rythme, lourd et solennel, les mines sombres. La jeunesse atlante était inquiète et angoissée. Chad avait entendu dire qu'il y avait, sur les trois autres monticules, d'autres réunions de fidèles des Fils de Bédial.

À entendre leurs voisins, ces réunions-là étaient dédiées au plaisir brut, car c'était là la philosophie maîtresse des adorateurs de Bédial.

Chad avait choisi le groupe des Fils de l'Un, car il y aurait auprès d'eux moins de soldats.

Le chant qu'entonnaient les jeunes était beau et doux. Dans les paroles, il était question de demander pardon à l'Un qui envoyait l'étoile de Garabalh sur Terre pour les punir.

En tendant l'oreille, Chad et Vivia surprenaient de terribles conversations. Même si les Fils et les Filles de l'Un gardaient l'espoir que Garabalh les épargnerait pour ne punir que les « méchants », plusieurs d'entre eux mettaient en doute la version « religieuse » pour se concentrer uniquement sur la logique.

Pour certains, Garabalh n'était pas le fils aîné de Poséidon monté sur son char pour détruire la Terre, mais bel et bien un corps céleste — autrement dit, un énorme caillou voyageant dans l'espace.

De loin leur parvenaient les lamentations, les pleurs et les rires grotesques des Fils de Bédial. Si ceux-là avaient décidé de boire pour oublier la fureur des cieux, les fidèles de l'Un chantaient pour élever leurs âmes.

Ces clameurs des fils de l'Un ou des fils de « l'Autre » ne faisaient ni chaud ni froid à Chad, qui surveillait avant tout Vivia.

Soudain, le jeune asiatique s'aperçut que le front de la jeune fille était brûlant de fièvre.

— Vivia ! appela-t-il doucement.

Elle se laissa aller dans ses bras.

Le garçon vérifia ses pupilles légèrement dilatées, son pouls qui s'emballait. De plus, elle bredouillait des paroles incompréhensibles.

Il l'appela encore, pour empêcher qu'elle ne sombre dans l'inconscience. Sheewa se mit de la partie et poussa des cris de détresse.

Le Maître-abbé qui avait élevé et initié Chad aux nombreux arts de combats connaissait des herbes pour faire baisser la fièvre. Hélas, la destruction du temple d'Ankhinor n'avait pas permis au garçon d'apprendre ses secrets.

Partagé entre la nécessité d'aller chercher de l'aide et la peur de laisser la jeune fille sans surveillance, Chad ne savait que faire.

Finalement, au lieu de la charger sur ses épaules et risquer ainsi d'aggraver son mal, il résolut de l'installer le plus confortablement possible à même le sol.

Autour d'eux, les jeunes fidèles étaient calmes et en prière. Des prêtres veillaient à ce que chacun se recueille en paix. Décidant que Vivia serait en sécurité parmi eux, il la laissa sous la garde de Sheewa.

— Surtout, dit-il au petit singe-araignée, ne la laisse pas, je compte sur toi. Je ne serai pas long.

Il revint 15 minutes plus tard, bredouille.

Personne ne répondait quand il s'adressait aux jeunes. Soit ils étaient perdus dans leurs transes, soit ils ne daignaient pas parler à un Asien.

Revenu à son point de départ, Chad fronça les sourcils. Vivia et Sheewa avaient disparu !

Il attrapa un des Fils de l'Un par le col de sa tunique et le secoua brutalement.

— As-tu vu une jeune fille et un petit singe ?

Mais le fidèle était aussi mou qu'une poupée de son.

Chad avisa une litière à porteurs tendue de soies écarlates qui s'éloignait dans la nuit. Il bondit et, dégainant son sabre, souleva le rideau.

Un homme entre deux âges portant une perruque de cour et de la poudre sur le visage le considéra, l'air interrogateur. Sheewa sauta d'un coussin sur l'épaule du garçon. Vivia était allongée, somnolente, aux côtés de l'inconnu.

Chad allait corriger ce citadin enleveur d'enfants quand une poigne solide le tira en arrière.

Deux cyclopes en armure le tinrent chacun par un bras.

— Halte! s'écria alors l'inconnu en s'asseyant sur la litière.

Ses jambes, nues sous la riche tunique brodée de pierrailles, se balançaient au ras du sol.

Il fit un geste et on reposa Chad. Il en esquissa un autre et le Nédjab de droite releva la manche droite de l'adolescent jusqu'à l'épaule. Le second cyclope approcha un lamperon monté au sommet d'un manche en bois sculpté.

L'homme richement vêtu hocha la tête. Chad fut aussitôt relâché.

Sheewa en profita pour sauter de nouveau dans la litière. Caressant les cheveux de Vivia, le singe dévisagea tour à tour son jeune maître et le citadin.

Celui-ci toussota, puis s'adressa à Chad :

— Vous êtes l'Asien de cette jeune demoiselle?

Se rappelant que la race jaune était bizarrement, en Atlantide, considérée comme inférieure, Chad approuva sans répondre.

— Pourtant, vous arborez tous deux à l'épaule un symbole hautement significatif!

Chad le fixa de ses yeux gris scrutateurs.

L'homme contemplait l'étoile funeste de Garabalh, les fidèles de l'Un, les prêtres qui avaient l'air de désapprouver ses manières, et la jeune fille qu'il venait de recueillir.

— Elle s'appelle Vivia, fit Chad sans quitter l'homme du regard.

— Elle a besoin de soins. Accompagnez-nous!, dit l'inconnu en lui tendant la main.

Chad était méfiant. Pourquoi ce riche citadin de race atlane se souciait-il de deux étrangers dont l'un était le domestique de l'autre?

— Je suis le prince Emen-Freï, se présenta-t-il, comme si son nom était une explication et une garantie.

CHAPITRE 7

L'interrogatoire

— La dernière fois que je me suis retrouvé entre quatre murs, c'était à Baârka, dit Paul. Je venais d'être enlevé. Chad et moi avions voyagé d'une dimension à une autre en passant par un rocher aveuglant, et une jeune fille noire nous présentait un plateau de nourriture empoisonnée[*].

Penilène replaça nerveusement le pendentif en bois représentant les trois mondes au centre de sa poitrine et lui envoya un regard sombre.

— C'est malin! lâcha-t-elle. Tu ne pourrais pas plutôt réfléchir à un moyen de nous sortir de là!

Depuis qu'ils avaient été arrêtés et jetés dans un cachot, Paul ne cessait de geindre. Recroquevillé dans un coin, le jeune Kimi pleurait.

Penilène alla le consoler.

— Tu n'es pas seul, dit-elle. On est avec toi.

Paul se prit la tête entre les mains et se plaignit comme s'il déclamait des vers mélodramatiques :

[*] Voir le tome 1 : Les porteurs de lumière.

— On est enfermés à double tour et mademoiselle fait du bénévolat!

Démoralisée par le défaitisme de ses deux compagnons, Penilène alla s'asseoir sur un sac de grains. Comment lui expliquer que sa famille lui manquait?

— C'était trop beau pour durer, se révolta encore le jeune blond. Une nef spatiale, un voyage dans le temps, l'Atlantide!

Il se tourna vers Penilène, ouvrit la bouche, mais se retint de dire une autre absurdité.

Comme le bouchon d'une bouteille de champagne qui saute, la jeune noire laissa alors éclater sa colère.

— Je t'avais prévenu! Si tu avais voté contre cette mission, on ne serait pas dans d'aussi beaux draps! Tu serais retourné chez tes parents et j'aurais pris un train pour New York. Mais non! Monsieur s'est laissé tourner la tête par cette quête des sept cristaux de pouvoirs! Monsieur a cru aux boniments de la Dame de Shamballa!

Il entrait dans les récriminations de Penilène autant de rage et de frustration que de remords. Que devenaient les membres de sa famille pendant qu'elle jouait les aventurières dans le passé? Sa mère était-elle encore alcoolique? Ses frères et sœurs étaient-ils seuls pour s'occuper d'eux?

Kimi les écoutait et avait du mal à comprendre, même s'ils s'exprimaient dans sa langue. Qu'était-ce que New York? Et les mots: «train» et «Shamballa»?

Soudain, la porte de la cellule s'ouvrit et deux énormes cyclopes entrèrent. Ils tirèrent violemment Paul par les bras et ressortirent. Le bruit métallique du battant qui se refermait résonna dans leurs oreilles.

— Paul! gémit à son tour Penilène.

Elle attendit avec le garçon. Les heures passèrent. Une seule fenêtre éclairait leur cachot. Kimi ignorait où ils avaient été conduits. En vérité, avoua-t-il, il ne connaissait pas grand-chose à la haute-ville érigée au cœur de l'enceinte d'orichalque où ne vivaient que les nobles, le clergé mitré et les membres de la famille impériale.

Deux heures s'écoulèrent encore.

Enfin, Penilène entendit des pas. La porte s'ouvrit. Paul fut rudement jeté au sol. Un esclave petit et malingre au teint jaune leur apporta deux bols de soupe et des quignons de pain.

Même si l'angoisse lui serrait l'estomac, Penilène avait très faim. Pourtant, comme elle le faisait jadis avec les membres de sa famille quand la nourriture venait à manquer, elle partagea son bol avec Paul.

L'adolescent était mal en point. S'il ne portait aucune blessure visible, il paraissait hagard, comme s'il venait de subir un lavage de cerveau.

— Paul, appela-t-elle doucement. Que t'ont-ils fait ? Que veulent-ils ?

— Urantiane, murmura l'adolescent. Urantiane…

Il tremblait violemment. Un froid humide sourdait des murs. Pour tenter de le réchauffer, elle se colla un peu contre lui.

Désespérée, mais ne pouvant plus le montrer sans aggraver encore les souffrances de Paul, Pénilène comprit qu'elle se retrouvait, ici en Atlantide, dans une situation semblable à celle qu'elle vivait à New-York. Paul et Kimi dépendaient d'elle. Et cette prison était encore plus réelle que le sentiment d'impuissance qui l'habitait autrefois.

«Vraiment, se dit-elle, notre mission commence mal…»

*

Trois hommes étaient réunis dans le quartier administratif de la prison. Deux d'entre eux portaient les manteaux de cérémonie réservés aux ecclésiastiques de hauts rangs. Le troisième était, plus simplement, le gouverneur de la citadelle.

Ce dernier n'était pas étonné de voir débarquer les deux religieux. Depuis que l'étoile de Garabalh éclairait les cieux de jour comme de nuit, les membres des clergés de l'Un comme celui de Bédial assistaient aux interrogatoires des détenus.

Grand, de race atlane comme l'étaient tous les importants dignitaires de l'État, le gouverneur paraissait fatigué. Ses cellules regorgeaient de citoyens victimes de l'hystérie collective qui s'était emparée non seulement de Posséïdonis, mais aussi de toutes les villes des trois îles-continents de l'empire. Et les prêtres, loin à son avis de calmer les esprits, jetaient au contraire de l'huile sur le feu.

Ne prétendaient-ils pas que Garabalh était envoyée pour les punir de leurs péchés?

Il se carra dans son fauteuil et se prépara à écouter les recommandations des deux hommes.

— Il faut agir, et vite! dit le mitré au service de l'Un.

Son compère approuva, et c'était là l'unique point sur lequel ils tombaient d'accord.

— L'étranger blond porte sur son épaule droite la marque des envoyés de la fin des temps, ajouta le dignitaire des Fils de Bédial.

Les religieux évitaient de se regarder l'un l'autre comme s'ils pouvaient se contaminer réciproquement.

Le gouverneur savait que certains prêtres, réputés clairvoyants, avaient de mystérieux pouvoirs hypnotiques, ce qui s'avérait très utile en matière d'interrogatoire. Il signa néanmoins le document qui autoriserait les deux religieux à s'occuper aussi de la fille de race noire.

Au fil de la discussion qui suivit, le gouverneur apprit que les envoyés de la fin des temps étaient annoncés et par le grand prophète Nebalom lui-même, fondateur de la religion de l'Un, et par les textes du taureau Apis sur lesquels était basée la doctrine des fidèles de Bédial.

— Et ? demanda le gouverneur.

L'empereur tentait de rassurer le peuple. L'étoile de Garabalh, prétendait-il, ne ferait que frôler la Terre. Tous les scientifiques l'affirmaient. Le monde ne périrait donc pas. Et s'il fallait essayer d'agir et de penser plus en accord avec son cœur, il fallait surtout continuer à vivre comme si de rien n'était.

Le gouvernement tentait par là de dire aux gens : « Rassurez-vous, les dieux ne sont pas si en colère. Corrigez vos pensées, mais continuez à faire rouler le commerce et l'économie. »

Les religieux étaient d'un autre avis et la venue des quatre perturbateurs — les envoyés — était un message clair indiquant que la fin de l'empire comme celle des autres gouvernements de la planète était proche.

Le gouverneur écoutait parler les religieux. Il devinait sans mal quelles étaient leurs réelles intentions. D'abord, s'emparer des deux étrangers. Ensuite, en faire des boucs-émissaires. Voulaient-ils les exhiber en clamant : « Peuple de Posséïdonis ! Voilà les envoyés de l'étoile funeste ! »

Il tressaillit en réalisant que ces religieux sans scrupules étaient prêts à tout pour conserver la confiance de leurs fidèles. Pour cela, il fallait des coups d'éclat, il fallait des cérémonies grandioses.

Il fallait aussi des victimes.

— Laissez-moi réfléchir, dit-il afin de gagner du temps.

Les deux hommes lui laissèrent les documents à signer qui autoriseraient le transfert des deux étrangers, l'un dans le temple des fidèles de l'Un, l'autre, la fille, dans celui des adorateurs de Bédial.

— Le temps presse, gouverneur, le prévint le mitré des fils de l'Un. Nous savons que vous avez une famille à laquelle vous tenez…

Avant de partir, ils laissèrent également sur la table un sac de pièces d'or.

La vision d'Emenfreya

Chad reconnut sans mal, parmi les cris des singes qui peuplaient le bois entourant le palais du prince, celui poussé par Sheewa. L'aube pointait le bout de son nez derrière les paravents en toile de riz beiges disposés devant sa couche. L'air était encore frais. Il embaumait le parfum des fleurs et les fragrances de plusieurs arbres fruitiers.

En se dressant sur un coude, le garçon vit son petit singe-araignée se disputer une grappe de raisins bien mûrs avec des écureuils au pelage moucheté.

La veille, parce que Vivia faisait de la fièvre, il avait accepté l'invitation du prince Emen-Freï. En arrivant dans la riche demeure, ils avaient été séparés. Leur hôte avait fait venir un de ses médecins. La fatigue était venue à bout de Chad, qui s'en voulait à présent d'avoir abandonné son amie entre les mains d'inconnus.

Il appela Sheewa. Mais celle-ci semblait en grande discussion avec des primates aussi turbulents qu'elle.

Chad vérifia sa cartouchière, noua son bandeau de toile sur son front et grimaça devant les trois pauvres fléchettes qu'il avait eu le temps de sculpter, la veille, sur les berges du bassin. Heureusement, il possédait toujours sa ceinture, ses petits récipients d'huiles empoisonnées dont il enduisait la pointe de ses fléchettes. Et, surtout, son sabre et son arme vibratoire.

Constatant que le prince n'avait pas enfreint les règles sacrées de l'hospitalité en les lui subtilisant, il fut à moitié rassuré.

Une silhouette se glissa entre les paravents.

— Vivia ! s'exclama Chad en souriant.

Il se rendit compte qu'il souriait assez souvent — disons, deux ou trois fois par semaine ! — depuis qu'il avait rencontré ses trois amis. Ce qui, pour lui, était un record.

— Tu vas mieux ?

La jeune fille sourit à son tour. Dans la lumière ensanglantée du lever des deux soleils, ses yeux de miel prenaient des teintes écarlates inquiétantes.

Elle posa sa main sur la sienne, puis s'étira et bâilla.

— Viens, dit-elle joyeusement, le petit-déjeuner est servi.

Le garçon chaussa ses sandales et rajusta le nœud de la ceinture qui fermait son épaisse tunique brune en coton. Contrairement à lui, Vivia portait ce matin une robe de soie blanche et un voile de pourpre par-dessus ses épaules. Un bandeau comme celui de

Chad, mais en cuir et piqué d'une pierre précieuse, et des chaussures assorties terminaient son nouvel habillement.

Arpentant les corridors de la demeure, Vivia lui expliqua que cette nuit, elle s'était réveillée en nage avec des fragments de souvenirs de son enfance dans la tête.

— Mais, regretta-t-elle, j'ai tout oublié en m'éveillant, car un homme sévère se tenait devant moi. Il m'a ausculté, m'a donné à boire une potion amère…

Chad songea qu'une fois encore Emen-Freï avait tenu parole.

Ils longèrent une magnifique véranda aux parois nappées de mosaïques bleues, vertes et jaunes incrustées de gemmes précieuses et décorées de magnifiques fleurs en pot, et débouchèrent sur un vaste séjour dont les murs étaient tendus de plaques d'orichalque. Les planchers et les plafonds étaient en bois massif, luisant et odorant. De larges ouvertures donnaient sur des temples de pierres blanches, sur des points d'eau où sommeillaient des nuées d'oiseaux au long cou, sur l'imposant obélisque de Poséidon.

Le prince et sa compagne se levèrent. Nouvelle preuve de leurs manières raffinées, la table était mise et des serviteurs vêtus de tuniques immaculées étaient prêts à assurer le service.

— Bienvenu, dit le prince en croisant ses mains ouvertes sur son torse et en inclinant le buste.

Les jeunes gens répondirent de la même manière, puis s'assirent sur des sièges tirés par les domestiques.

Un silence feutré plana quelques instants au-dessus de la table. Heureusement, un majordome commença à servir, et des dizaines d'oiseaux multicolores piaillaient dans les arbres.

Après s'être restaurés de beignets grillés, d'un plat de noix trempées dans du miel et de cuisses de cailles mouillées dans une sauce légèrement sucrée, le prince et sa femme donnèrent à de jeunes servantes silencieuses leurs mains à laver. Le majordome était de race gopte. Chad remarqua que l'homme semblait décontenancé, voire même offusqué qu'un Asien comme lui puisse être reçu à la table du prince.

Enfin, la femme d'Emen-Freï les regarda en face.

C'était une dame dans tous les sens du terme : grande, mince, vêtue de soie et maquillée. Elle portait une longue robe et une perruque noire qui brillait sous la lumière des deux soleils. Une expression angoissée tendait ses traits par ailleurs séduisants.

Chad vit que le prince serrait, sous la table, la main de sa femme.

Vivia devina qu'Emenfreya — en Atlantide, la femme portait apparemment le même nom, mais féminisé, de son mari — voulait surtout dialoguer avec elle.

— Oui ? dit-elle.

La princesse hoqueta, puis essuya ses yeux gonflés de larmes.

— Veuillez pardonner mon épouse, jeunes gens, fit le prince, mais...

— Non ! le coupa Emenfreya, je veux parler.

Contenant son étrange émotion, elle expliqua qu'elle avait eu une vision. Une jeune étrangère

portant sur l'épaule le symbole de Shamballa vien-drait et leur permettrait de retrouver leur fille disparue.

Emen-Freï toussota.

— Notre fille s'est enfuie. Cela fait plusieurs mois. Elle fréquentait beaucoup un jeune homme étranger appartenant à la caste des étudiants de l'Un, et je…

Chad et Vivia comprirent que le prince avait espéré, la veille sur le monticule, retrouver les traces de leur fille. En vain.

Sheewa sauta sur la table et entama une danse assez comique. Elle s'empara de deux bananes avant de grimper sur l'épaule de son jeune maître.

Vivia se déclara honorée par cette vision de la princesse, mais elle ne savait vraiment pas comment la réaliser.

— Tu portes le symbole de Shamballa. J'ai confiance, répondit Emenfreya d'un ton serein. L'Un te guidera dans ta quête.

Vivia eut une expression pincée : comme si elle avait besoin d'une nouvelle mission !

Le prince enchaîna sur l'état de santé de Vivia. Son médecin personnel ne pouvait se prononcer. Aussi conseillait-il à la jeune fille d'aller au temple de l'Un consulter un de ses confrères.

Vivia avisa Chad du regard. En avaient-ils le temps ?

Le prince se leva.

— Vous êtes venus, dit-il, et vous avez la marque. Aussi, il est l'heure…

Chad se raidit. L'heure de quoi ?

Emen-Freï frappa dans ses mains. Quatre serviteurs apparurent, les bras chargés de vêtements, de
chausses, de perruques et de foulards. Ils habillèrent
Chad de pied en cape et le transformèrent en cour-
tisan. Le garçon insista pour garder ses armes et ses
gantelets. À sa grande surprise, le prince accepta.

Puis, Emen-Freï reprit :

— Il est l'heure pour vous de rencontrer notre
empereur...

✳

La demeure princière n'était pas située à plus de six
jets de pierre des bâtiments du palais impérial. Mais
un membre de la famille régnante ne se déplaçait
jamais officiellement sans sa suite.

— Hémarius-Og est mon cousin, annonça
Emen-Freï en parlant de l'empereur atlante. Je lui ai
annoncé votre venue. Il vous attend.

Chad était méconnaissable. Il serait le seul
Asien, à la cour, à être présenté à l'empereur en qua-
lité d'ambassadeur extraordinaire.

« Nous venons de très loin », avait-il expliqué la
veille au prince. Emen-Freï savait. Il savait même,
par son prêtre-médium personnel, qu'ils n'étaient
pas deux, mais quatre, et qu'ils venaient d'une autre
époque.

La voie impériale était jonchée de pétales de
roses et encadrée de statues représentant des héros,
des prêtres et des monarques célèbres. Accompagné
par son majordome, trois dames de compagnie, six
Nédjabs armés et quatre serviteurs tenant en laisse
autant de guépards affublés de couronnes, le prince
avait une suite impressionnante.

Les courtisans s'écartaient sur leur passage. Les regards convergeaient sur Vivia et Chad qui avait recueilli Sheewa, effrayée par les fauves, sous son habit.

— Que je vous explique un peu la situation, dit le prince en indiquant les deux soleils dans le ciel.

» L'étoile funeste de Garabalh est apparue il y a plus d'un an à la suite d'une extraordinaire explosion survenue dans la voûte céleste. Depuis, les prêtres de l'Un et ceux de Bédial font pression sur l'empereur pour qu'il proclame l'état d'urgence. »

— Les deux grands prêtres prétendent que Nebalom, le prophète fondateur de l'Ordre de l'Un, a décidé de punir tous les Atlantes pour leur péché d'orgueil. De son côté, le haut mitré des Fils de Bédial a annoncé publiquement qu'Apis, le grand taureau, a envoyé Garabalh pour détruire notre empire.

Chad et Vivia écoutaient, non seulement par politesse même s'ils se demandaient quel rôle ils pourraient bien être amenés à jouer, mais aussi pour se préparer à l'audience impériale.

Autour d'eux allaient et venaient les membres de la haute noblesse — avec lenteur et respect. Pourtant, derrière les murs du palais, Chad sentait monter l'angoisse du peuple de Posséïdonis.

Emen-Freï poursuivit :

— Mais Hémarius sait, grâce à nos scientifiques, que Garabalh est en fait le fragment d'une étoile qui s'est consumée dans l'espace. Ce fragment se dirige vers notre planète. Tous les dirigeants du monde et ceux des deux autres empires situés dans le vaste océan oriental savent aussi que des bouleversements sont à venir.

Il montra le deuxième soleil.

— Garabalh, qu'il soit un dieu vengeur pour les foules et un fragment d'étoile pour nous et nos scientifiques, est la cause de grands débordements dans nos villes et dans nos colonies. Partout, les gens ont peur. Partout sévissent le crime, les abus, la violence.

Ils passèrent devant un cirque de pierre. Par une haute porte en voûte, ils assistèrent au sacrifice, par les prêtres de Bédial, d'un taureau blanc.

— Les Fils de Bédial, reprit Emen-Freï, prétendent pouvoir apaiser Garabalh avec le sang des taureaux sacrés.

Son ton laissait clairement signifier qu'il ne croyait pas du tout en l'efficacité de tels sacrifices.

— De leur côté, les prêtres de l'Un redoublent de prières. Dans tous les temples des trois îles-continents, dans tous ceux de nos 11 colonies réparties à travers le monde.

Dans le ciel voletaient d'énormes ballons et des cerfs-volants peints, pailletés, multicolores.

Emenfreya remarqua leur étonnement.

— C'est une coutume. Quand vient l'été, les familles nobles déploient leurs étendards pour attirer à eux la bienveillance de Poséidon et de l'Un.

Sheewa faisait mine d'essayer de se suspendre aux filins torsadés de rubans de soie qui pendaient de ces baudruches géantes, car certaines volaient bas au-dessus des bâtiments.

Ils longèrent un mur recouvert de plaques d'orichalques. De temps en temps, ils passaient devant des portes taillées dans un marbre noir liseré de veines rouge.

Dans le petit matin ensoleillé et les rayons tombant de l'obélisque de Poséidon, Chad et Vivia remarquèrent la belle colonne de lumière pourpre qui s'élevait au centre de ces cours protégées.

— Les jardins de Nebalom, laissa tomber le prince.

Il raconta brièvement que Nebalom, venu sur l'île de Possidia près de 2000 ans plus tôt, était le descendant des rois des grands souverains de l'Atlantide précédente.

— Précédente? s'étonna Vivia.

— Oui, nous, peuple atlante d'aujourd'hui, nous sommes la sixième race de Ogm le Grand; la sixième civilisation.

Emen-Freï les fixa droit dans les yeux.

— Et n'êtes-vous pas vous-même, en quelque sorte, nos ancêtres?

Chad et Vivia s'entreregardèrent, interloqués. Emen-Freï pensait-il vraiment qu'ils venaient du passé de l'Atlantide?

Plus le prince parlait des jardins de Nebalom et de sa légende, plus Vivia se rappelait une des images entraperçues dans l'élémentum.

— Il est dit, continua Emen-Freï, que tant que brillera la colonne pourpre, notre monde sera en sécurité.

— Et comment fonctionne la colonne? demanda Chad.

— Personne ne le sait vraiment. Elle brille chaque matin jusqu'au soir depuis près de 2000 ans. La lumière jaillit d'une roche sacrée entourée d'un bassin dans lequel les fidèles des deux religions officielles lancent des joyaux et des pièces d'or. On sait que la pierre contient le livre saint de Nebalom, bien qu'on ne l'ait jamais vu.

Ils parvinrent enfin devant les portes du palais.

Avant de gravir les degrés de marbre, Chad posa sa main sur le bras du prince.

— Qu'est-ce que votre empereur attend de nous?

Chez l'empereur

Contrairement à son cousin élancé et raffiné, l'empereur Hémarius-Og était bedonnant et d'aspect quelconque. Il accueillit ses visiteurs assis sur son trône plaqué de feuilles d'or et d'argent.

La salle d'audience n'était pas celle habituellement utilisée pour les cérémonies officielles. Haute de plafond, mais assez étroite avec d'un coté un déambulatoire garni de colonnes, et de l'autre de vastes ouvertures en forme d'ogives qui laissaient entrer l'air et la lumière du jour, la pièce était meublée de sièges sculptés en bois précieux.

Emen-Freï salua son impérial cousin. La rencontre se tenait à huis clos, sans témoin, exceptés deux majordomes et un groupe de jeunes esclaves chargés d'éventer les hôtes de l'empereur.

Hémarius-Og se pencha de côté pour dévisager les « envoyés » amenés par son cousin.

Chad sentit sur lui le regard trouble du monarque et lui rendit le sien, gris plombé et franc.

L'empereur Og se frotta les ailes du nez ainsi que le menton, qu'il avait pointu et luisant de crème à base de nectar de fruit, de miel et de résine de bananier. Il était vêtu d'une tunique de pourpre brodée de fils d'or, d'un casque muni de deux ailes droites qui emprisonnaient un cercle frappé d'une croix. Quand il se leva, les plis de sa cape trainèrent sur les dalles miroitantes de soleil. Ses poignets étaient alourdis de bracelets sur lesquels était coulé un second symbole — deux mandorles entourées du cercle et surmontées par une croix ankh; ce même symbole que Chad et Vivia avaient déjà vu, la veille, sur l'étrave du navire qui avait failli les noyer dans le bassin.

— Ainsi, voici les êtres issus de notre glorieux passé! commença Og.

Vivia pensait que le nom de cet homme convenait davantage à une grenouille qu'à un empereur. Mais, respectueuse, elle baissa les yeux et esquissa une révérence. Sheewa ne tenait pas en place et sautillait aux pieds de Chad. Si sa conduite semblait offusquer les deux majordomes, elle laissait l'empereur de glace.

Celui-ci invita les deux jeunes à s'approcher de lui.

Chad et Vivia gravirent quelques degrés et s'agenouillèrent, comme le leur avait enseigné le prince, devant le trône impérial face à Og qui s'était rassis.

— Et vous venez, nous dit mon noble cousin, pour aider notre peuple à faire face à la nouvelle et terrible épreuve qui le menace…

Chad et Vivia échangèrent un nouveau regard perplexe.

— Ils sont porteurs du savoir et des anciennes technologies de nos ancêtres, les demi-dieux, approuva Emen-Freï.

Les majordomes s'avancèrent. Alors seulement, Chad et Vivia se rendirent compte qu'ils n'étaient pas de simples fonctionnaires, mais d'illustres savants.

Ils comprirent aussi la raison de la gentillesse et du respect avec laquelle les traitait le prince, car la même attitude animait le maître de l'Atlantide et les scientifiques.

Ceux-ci insistèrent pour faire, devant les « envoyés », la démonstration de certaines des anciennes technologies atlantes dont ils connaissaient encore les usages.

L'un d'eux frappa dans ses mains. Un homme chauve de haute taille accompagné de trois esclaves chargés d'un rocher devant peser plus de 100 kilos entra.

— Voici un de nos prêtres mentaux, annonça le premier savant en désignant l'individu chauve.

Le nouveau venu s'empressa de se mettre à l'ouvrage. Il s'agenouilla devant le monolithe, ferma les yeux, se concentra… et le souleva dans les airs par la seule force de son esprit.

Chad et Vivia n'étaient guère impressionnés, car ils avaient vu Lord Estrayan agir de même, les yeux bien ouverts, durant leur quête des quatre éléments.

Le prince toussota et expliqua que les ingénieurs atlantes utilisaient la lévitation mentale pour ériger temples et bâtiments.

Ce pouvoir ou cet art était un des héritages de la civilisation atlante précédente. Ils utilisaient également les cristaux pour capter les énergies subtiles présentes dans l'éther et les transformer en énergie, ce qui leur permettait d'éclairer leurs villes et leurs maisons, de donner la vie à de nombreux appareils d'utilité quotidienne, et aussi de faire fonctionner les moteurs de leurs navires et de leurs nefs aériennes.

Les savants renvoyèrent les esclaves, le rocher flottant et le prêtre mental, et ouvrirent devant Chad et Vivia d'anciens livres à couvertures métalliques parés de riches ornements. Ils montrèrent des gravures. Les jeunes y virent des diagrammes incompréhensibles, des portails attirant la foudre, des lignes de totems censés être de puissants conducteurs d'énergie.

— Nous avons par contre oublié l'art de manipuler la géoénergie issue de la rotation planétaire, et celle de voyager, comme vous, dans l'espace sidéral et le temps.

Un silence glacé suivit ces paroles.

Les oiseaux seuls chantaient, des guêpes commençaient à bourdonner dans la salle d'audience. Sheewa sautait pour essayer de les attraper.

«Incroyable! se disait Chad. Ces gens croient vraiment que nous venons de leur passé. Et pour quoi faire?»

L'empereur se leva de nouveau. À l'expression tendue de son visage, il était clair que les étrangers devaient à présent répondre à ses questions.

Il fit les 100 pas tandis que les savants, Chad et Vivia redescendaient poliment les degrés de marbre.

Og expliqua que son empire était enlisé dans une crise majeure et mondiale. Si les industries fonctionnaient encore, elles le faisaient au ralenti, dans la peur et l'angoisse de cet astre qui menaçait de fondre sur la Terre. Déjà, ses villes étaient à feu et à sang. La violence était redevenue quotidienne, comme au temps jadis où les empereurs peinaient à gouverner. Rien qu'à Posséïdonis, on comptait chaque jour des dizaines de pillages et de suicides. Et dans toute l'île-continent, des milliers de personnes, effrayées par l'étoile Garabalh, se joignaient à des sectes ou à des mouvements pseudo religieux qui les incitaient à quitter leurs maisons et à s'embarquer vers des terres lointaines où, pensaient-ils, ils trouveraient refuge en cas de collision entre la planète et le fragment d'étoile.

Chad et Vivia n'étaient pas certains de suivre.

Qui étaient-ils pour assister à un pareil exposé? Des jeunes, des adolescents d'une autre époque! Ils étaient venus pour récupérer un cristal afin de sauver leur propre civilisation. Et voilà qu'on attendait d'eux des miracles pour sauver cette Atlantide qui n'était qu'un mythe aux yeux de leurs contemporains.

— Les autres souverains de la planète, poursuivit l'empereur, sont aux prises avec les mêmes angoisses. Plusieurs d'entre eux ont été renversés par des révolutions et des guerres civiles. Certains autres menacent même, pour reprendre le contrôle de leurs populations effrayées, de recourir à la force du cristal, qui, comme vous le savez, peut être dévastatrice.

Vivia approuva, même si elle ne savait pas de quoi l'empereur voulait parler.

Og descendit un degré et tendit ses doigts boudinés.

— Alors, je vous le demande, êtes-vous en mesure de nous aider?

Un des scientifiques ajouta :

— Nous savons que les anciens possédaient le pouvoir d'envoyer dans l'espace des rayons si puissants qu'ils pouvaient détruire ou détourner un corps sidéral en mouvement.

Même si la révélation était de poids, Chad et Vivia songèrent au même moment à la nef Urantiane. Offert par la Dame de Shamballa, cet appareil était donc de construction atlante ! Elle venait d'une Atlantide antérieure, plus évoluée que celle d'Og et de son cousin, et peut-être contenait-elle des secrets pouvant aider l'empereur ?

Pourtant, c'est le premier des sept cristaux de pouvoir qu'ils étaient venus chercher. Ils n'étaient vraiment pas là pour empêcher l'Atlantide de sombrer sous les eaux... en un seul jour et une seule nuit, se rappela soudain Chad en repensant aux enseignements dispensés jadis par son Maître-abbé.

On entendit des bruits de voix dans l'antichambre de la salle d'audience. Des gardes ainsi que plusieurs personnages firent irruption entre les colonnes et demandèrent à voir l'empereur.

Og ne put s'empêcher de rire.

— Mes fidèles prêtres de Bédial, clama-t-il en désignant les personnages qui s'avançaient, pensent au contraire que vous êtes là en tant que messagers de l'étoile funeste, et que votre seule utilité est d'être sacrifiés au taureau Apis !

Chad frôla instinctivement, sous son manteau, sa ceinture et son arme vibratoire.

Vivia lui murmura à l'oreille d'une voix blanche :

— Regarde... Paul et Penny !

Leurs compagnons de voyage étaient encadrés par une rangée de soldats. Hagards, avançant les bras ballants et les yeux mi-clos, ils étaient soutenus sous les aisselles par de solides cyclopes au service des prêtres.

Le haut dignitaire des Fils de l'Un et celui des Fils de Bédial vinrent s'agenouiller devant l'empereur.

— Voici donc réunis les quatre «perturbateurs» vus en songe par nos prêtres-médiums, Majesté, déclarèrent-ils d'une même voix.

Og fit claquer sa langue. Apparemment, il existait des dissensions entre le pouvoir politique et les autorités religieuses.

— Nous avons interrogé ces deux-là, noble fils de Poséidon, déclara le pape des adorateurs de l'Un, et leurs aveux sont autant d'insultes à votre personne.

Og demanda à entendre ces «insultes».

Le grand prêtre de Bédial leva son bâton terminé par la statuette en or représentant un taureau, et dit :

— Ces imposteurs ne viennent pas du passé, mais du futur !

Le pape des adorateurs de l'Un leva à son tour le sceptre de sa charge, affublé quant à lui d'un globe frappé d'une croix, et ajouta :

— D'un monde futur, Majesté, où l'Atlantide n'est plus qu'un songe oublié de tous.

Og fronça ses sourcils enduits de vernis.

Le prince Emen-Freï était effrayé par la situation. Si les prêtres des deux religions se mêlaient de science une fois encore, il ne pourrait qu'en sortir du malheur. Il consulta son impérial cousin des yeux : tous deux hochèrent la tête.

Des gardes cyclopes envahirent la salle d'audience, et ce fut au tour de Chad et de Vivia d'échanger un regard.

La main du jeune asiatique serrait celle de l'adolescente.

— Paul, Penny! sanglota Vivia.

Avant même que l'empereur ne réagisse, les grands prêtres prirent l'initiative de faire arrêter les «perturbateurs».

Chad dégaina son arme vibratoire, repoussa les Nédjabs affolés. Sheewa sauta de son épaule et bondit vers les ouvertures en forme d'ogive.

Chad comprit son intention et poussa Vivia dans sa direction.

L'instant d'après, se tenant l'un l'autre, ils sautèrent dans le vide.

Chad s'agrippa in extremis au filin d'un des cerfs-volants géants.

— Que faisons-nous pour Paul et Penny? s'écria Vivia.

— Nous ne pourrons rien si nous nous laissons capturer.

Sous eux se déroulaient les allées, les esplanades et les petits temples ronds décorant les jardins du palais impérial.

Des gardes allaient-ils tirer dans les baudruches? Une armée de Nédjabs allait-elle être lancée à leurs trousses?

Tout ce qu'espérait Chad, c'était de passer par-dessus l'enceinte d'orichalque et se mêler à la population...

La proposition

Au même moment, sur les bords du bassin de l'Est se tenait un groupe de scientifiques. Ils portaient des tuniques blanches et des turbans, et étaient penchés sur une sorte d'écran plat posé sur l'herbe à quelques centimètres de la berge.

— L'écho est faible, mais régulier, dit l'un d'eux.

Étaient également présents Chimon, le cyclope, ainsi que l'Atlane, son supérieur.

Ce dernier se rongeait les ongles d'inquiétude.

Depuis qu'il était en poste, jamais les autorités n'étaient venues mettre le nez dans ses affaires. Pourquoi fallait-il que cela arrive alors que la cité entière semblait en proie à une panique grandissante !

Les câbles d'une grosse grue installée tout près gémissaient. La tour elle-même, bien que figée dans le sol par d'énormes ancres, ployait sous l'effort.

Le doyen des savants se tourna vers l'Atlane.

— La preuve est faite, déclara-t-il, que nous avons ferré un très gros poisson.

Il sourit, et ce sourire glaça d'effroi le responsable des bassins. À ses côtés, Chimon observait la
surface d'un air niais.

Un autre savant ajouta que leur appareil de repé-
rage était formel : un corps étranger gisait au fond
du bassin. Heureusement, leurs plongeurs l'avaient
repéré et entravé.

Les moteurs de la grue s'essoufflaient. De la
fumée s'échappait de ses flancs.

Ils auraient pu faire appel aux prêtres mentaux. Mais l'empereur avait été catégorique. Si cette
«chose» était un engin venu d'une autre époque, il
fallait qu'elle soit récupérée par le gouvernement et
non par les religieux.

Les câbles s'enroulaient autour de l'énorme
poulie.

Soudain, la surface de l'eau explosa.

Les témoins reculèrent. Puis, effarés, ils laissèrent échapper un cri d'effroi.

✳

C'était la première fois que Kimi passait une nuit
entière en prison. Et, ma foi, se disait-il, il y faisait
moins froid que dehors. De plus, il était assuré de
manger à sa faim. Pourtant, la liberté lui manquait.
Et aussi, bien sûr, le sac de pièces que lui avaient
confisqué les gardes...

L'un après l'autre, les deux étrangers avaient été
emmenés. Ils étaient revenus, épuisés et tremblant
de tous leurs membres. Les prêtres, disait-on, possédaient des pouvoirs terrifiants. Sans doute Paul et
Penilène avaient-ils été interrogés. Peut-être même
drogués et torturés !

Chaque fois qu'il entendait des pas dans le couloir, le gamin craignait que, cette fois, son tour fût venu.

On leur avait donné de l'eau propre, des serviettes, de la nourriture. Un garde avait expliqué à l'orphelin qu'il ferait mieux de s'occuper de ses amis parce qu'ils devraient être en état de se présenter devant le peuple.

Ces mots avaient fait blêmir Kimi, car ils ne pouvaient signifier qu'une chose...

Ensuite étaient venus les prêtres de l'Un et ceux de Bédial. En même temps! De nouveau, Paul et Penilène avaient été emmenés. Kimi s'était recroquevillé sur lui-même. Il avait cru comprendre que la fille et le garçon étrangers devaient rencontrer l'empereur. Mais cela semblait trop fantastique pour être vrai.

À leur retour, il avait mangé pour prendre des forces.

Le jeune blond semblait dormir. Mais à la façon dont la fille bougeait et grognait durant son sommeil, elle devait sûrement faire un cauchemar.

✳

Penilène rêvait qu'elle se disputait avec sa mère. Elle claquait la porte de sa chambre, se jetait sur son lit.

— Sortez! Sortez! cria-t-elle à ses sœurs cadettes effrayées.

Elle se mit à pleurer.

Puis elle se revit, à la nuit tombée, en train de traverser le parc. La ville de New York bruissait autour d'elle. Le froid glaçait ses os. Lord Estrayan surgit par-derrière...

Elle revécut l'épisode de sa rencontre avec Paul et Chad. Leur fuite du palais royal en compagnie des rebelles. La recherche des quatre éléments, la découverte de la nef Urantiane, le discours ésotérique de la Dame de Shamballa et leur décision de mener une nouvelle quête : celle des sept cristaux.

Depuis, ils étaient arrivés en Atlantide et avaient été séparés.

Penilène se revit avec Paul dans une vaste salle flanquée de hautes colonnes. Avaient-ils également vu Chad et Vivia vêtus comme de riches visiteurs ? Les prêtres s'étaient emportés contre l'empereur.

Ensuite — mais Penilène avait peut-être imaginé cela ! —, Chad et Vivia s'étaient enfuis du palais en sautant dans le vide par une large trouée.

Elle se vit elle-même sautant d'un avion en parachute, mais sans parachute. Une frayeur intense la tira de son cauchemar.

Elle s'éveilla, battit des paupières, fixa tour à tour le gamin des rues qui les avait aidés depuis leur arrivée à Posséïdonis, et Paul, hagard et sans doute aussi mal en point qu'elle.

— Nous avons été interrogés, se rappela-t-elle à voix haute.

Paul luttait contre un terrible mal de tête.

— Hypnotisés, tu veux dire !

Elle fit claquer sa langue.

— Qu'importe ! Si je me rappelle bien, les prêtres veulent nous…

Le mot « sacrifier » avait du mal à sortir de sa gorge tant il lui semblait exagéré.

— Mais nous n'avons rien fait ! Nous sommes innocents ! s'effraya Paul.

Kimi haussa ses maigres épaules.

— Ils vont le faire, murmura-t-il. Ils sacrifient des taureaux tous les jours depuis des mois. Alors, pourquoi pas des êtres humains.

Penilène eut envie de pleurer, de crier. Ce gamin, qu'elle trouvait sympathique, était effrayant.

D'ailleurs, ce monde, cette époque et cette ville étaient effrayants !

— Psst !

Ils tournèrent la tête vers la lourde porte de métal.

— Psst !

Le gamin s'accroupit à la hauteur du soupirail aménagé au bas de la cloison.

Paul l'écarta et plaça son visage devant l'ouverture.

— Que vois-tu ? s'impatienta Penilène.

Le blond écoutait attentivement. Au bout de quelques minutes, il se releva et dit :

— C'est un homme. Je n'ai pas vu son visage.

Il paraissait encore sous le choc de ce que lui avait révélé l'inconnu.

— Il peut nous faire sortir de la cellule et même de la forteresse.

Penilène grimaça.

— Que veut-il en échange ?

— Il sait que nous venons du futur. Il veut qu'on l'emmène loin de Posséïdonis.

— La belle affaire ! s'exclama la jeune fille. Et on fait comment ? Urantiane gît au fond du bassin et…

— Non.

— Comment ça, non ?

— Non, répéta Paul. Et il nous a laissé un souvenir pour qu'on réfléchisse à sa proposition.

Doucement, il ouvrit sa main.

Elle contenait un porte-clefs à l'effigie d'une statue : une femme tenant quelque chose au bout de son bras droit tendu.

— Il a dit qu'il reviendrait ce soir pour entendre notre réponse.

Penilène hoqueta. Puis, pour ne pas hurler, elle plaqua une main devant sa bouche.

Dans sa paume, son ami tenait une copie miniature « Made in China »… de la statue de la Liberté !

Une colonne de lumière

Dans les rues de la capitale atlante régnait un désordre épouvantable.

Depuis des semaines, déjà, la frayeur des habitants rendait difficile l'approvisionnement des marchés. Si certains ponts couverts vendaient encore des aliments de base, les marchés situés à l'intérieur de chacune des trois enceintes étaient presque vides.

Les marchands aussi avaient peur. Et ce n'était pas les soldats envoyés par l'empereur dans les fermes qui pouvaient forcer les paysans à aller en ville pour y vendre directement leurs fruits, légumes, viandes, céréales et autres produits de consommation courante.

Chad et Vivia avançaient au milieu de la foule en tenant chacun Sheewa par une main. Comme l'avait prévu l'adolescent, ils avaient pu franchir l'enceinte du palais et lâcher le filin au-dessus d'un toit. La chute avait été rude, mais ils en étaient sortis indemnes.

Rendus méfiants par ce qu'ils avaient vu et entendu dans la salle d'audience, ils essayaient de se fondre parmi les citadins, et y parvenaient sans peine. Non seulement parce qu'ils étaient vêtus à la dernière mode atlante, mais surtout parce que les gens étaient eux-mêmes anxieux et effrayés.

De temps en temps, un homme se jetait du haut d'un édifice. Son cri s'ajoutait aux complaintes de ceux qui, agenouillés en pleine rue, suppliaient l'étoile de Garabalh d'épargner leurs vies.

Vivia leva les yeux et plissa les paupières.

— Ce deuxième soleil est vraiment sinistre.

Chad ne le dit pas, mais l'étoile étrangère était surtout très chaude. Les températures, disait-on autour d'eux, n'avaient jamais été aussi élevées.

Beaucoup d'hommes et d'animaux mouraient de déshydratation et d'insolation. Dans les puits, l'eau manquait un jour sur deux. Le niveau des bassins eux-mêmes baissait à vue d'œil. Et les orages qui suivaient les périodes de sécheresse étaient d'une violence inouïe, ce qui laissait vraiment croire que Poséidon, l'Un et le taureau Apis, les trois principales divinités d'Atlantide, étaient furieuses.

Des citadins ordinaires se transformaient en voleurs, les voleurs en assassins. Devant la panique grandissante, les prêtres envoyaient des hérauts annoncer à chaque coin de rue qu'un grand sacrifice allait apaiser les dieux.

Vivia tendit l'oreille.

— Écoute, ils parlent de Paul et de Penny !

Deux étrangers venus de l'étoile funeste allaient être « retournés » chez eux. Ce sacrifice, annonçaient les hérauts, était essentiel. Et tous les habitants étaient invités demain matin dans la grande enceinte sacrée des Fils de Bédial.

Un homme marchant à côté d'eux prétendit que ces sacrifices coûtaient cher à la population, car chacun devait verser un tribut en or — bijoux ou pièces — avant de pénétrer dans l'enceinte. Et seuls ceux qui assistaient au sacrifice avaient une chance de voir leur vie épargnée par Garabalh.

Vivia n'en revenait pas.

— Ces gens croient-ils vraiment pouvoir être sauvés ?

Une fois encore, Chad ne répondit pas.

— Tu réfléchis à un moyen de délivrer nos amis ? lui demanda la jeune fille.

Une vendeuse itinérante les arrêta et se mit à flatter le singe-araignée. Sous sa tunique, elle gardait des colifichets et d'autres statuettes.

Elle les exhiba devant ces jeunes qui semblaient issus de familles riches, offrit quelques arachides à Sheewa.

— Poséidon, dit-elle, pourrait vous protéger des fureurs de l'étoile.

Elle leur tendit la reproduction miniature de la grande statue du dieu des mers, érigée sur l'esplanade du palais devant la grande pyramide aux faces recouvertes d'orichalque.

Chad déclina l'offre. Alors, la vieille femme sortit deux colliers ordinaires : des cordons de cuir au bout desquels pendaient des cristaux.

— Tenez, insista-t-elle, voici le cristal de la colonne de Nebalom.

Vivia se figea.

— Le cristal ? répéta-t-elle.

La marchande sourit de toutes ses dents jaunies.

— Oui, ma petite. Les prêtres de l'Un disent que c'est un cristal qui fait naître chaque jour la colonne de lumière.

Celle-ci jaillissait toujours d'un rocher installé au centre des majestueux jardins.

Chad se rappela ce que disait le prince Emen-Freï : tant que brillerait la colonne, le peuple était assuré que rien de mal ne pouvait leur arriver.

Il considéra la grande artère, le vacarme, les émeutiers, les ivrognes et ceux, indifférents, qui priaient à genoux en chantant des psaumes.

Vivia toucha le coude de son ami.

— Tu as entendu ce qu'elle a dit !

La marchande attendait toujours.

— On vous prend ces colliers, décida Vivia.

Elle lui donna quelques pièces et offrit un des colliers à Sheewa qui tenait, elle aussi, à porter quelque chose autour du cou.

— Chad ?

Les cris de la foule étaient aussi effrayants que l'étoile de Garabalh.

Vivia secoua l'adolescent.

— Chad, si nous ne faisons rien, Paul et Penny seront assassinés demain.

Le jeune asiatique la fixa au fond des yeux et répondit mystérieusement :

— J'ai une idée.

✳

Le lendemain matin, les rues étaient bondées de monde et le cirque de pierre, où devait se tenir le sacrifice, déjà plein.

Aux guichets, les prêtres souriaient : leurs besaces étaient pleines de broches, de bracelets, de perles et de pièces. Malgré les événements, la ferveur religieuse aidait la population à surmonter ses peurs.

À la dixième heure, six prêtres accompagnés par des cyclopes allèrent chercher les étrangers et leur jeune complice.

En découvrant la cellule vide, ils poussèrent des cris de désespoir.

Sauve qui peut !

Les gardes retrouvèrent rapidement la trace des fuyards.

Paul entendait le fracas de leur pas contre les dalles. Essoufflés, le corps baigné de sueur, ils suivaient l'homme qui les avait tirés de leur prison.

Grand, plutôt costaud, il avait des mouvements secs et vifs. Son nez en bec d'aigle et sa bouche fine lui donnaient des airs de grands seigneurs. Ses yeux se perdaient sous l'épaisseur de ses sourcils et les mèches noires et bouclées de sa tignasse. Cependant, il inspirait la force tranquille.

Penilène était arrivée à la même conclusion que Paul : si un adulte pouvait les sauver, c'était un homme comme celui-là !

Le seigneur — Paul avait décidé de l'appeler ainsi —, tira une lourde clef de sa ceinture, déverrouilla une serrure et les poussa dans un souterrain qui conduisait à un escalier en vis.

— Descendons ! En bas se trouve une galerie qui ne figure sur aucune carte.

L'homme parlait l'atlante avec un accent aussi prononcé que le leur. Si le porte-clefs de la statue de la Liberté signifiait, comme le pensait Paul, que ce seigneur venait lui aussi du monde du Soleil doré du XXIe siècle, comment connaissait-il aussi bien les souterrains du temple ?

Kimi les avait suivis, car il commençait à se sentir à l'aise avec ses nouveaux amis. Et puis, autant se l'avouer, finir égorgé comme un taureau ne lui disait rien qui vaille.

Parvenus dans la galerie, le brouhaha des milliers de spectateurs s'estompa et, peu à peu, un silence oppressant les enveloppa.

À la façon dont il s'arrêtait souvent pour se repérer, Penilène en déduisit que le seigneur n'était pas aussi sûr de lui qu'il le laissait paraître.

— Où nous conduisez-vous ? demanda-t-elle, exténuée.

L'homme lui rendit son regard appuyé. À la lueur du lamperon de bronze qu'il tenait dans sa main, son aspect était aussi inquiétant que les voûtes étaient sombres et sales.

— Je vous l'ai dit : Urantiane.

— Comment connaissez-vous l'existence et le nom de notre nef ? insista-t-elle.

Paul lui toucha le bras. Ce n'était pas le moment de faire la difficile. Après tout, cet homme leur sauvait la vie !

Mais Penilène voulait savoir.

— Qui êtes-vous ?

Le seigneur s'arrêta de courir une seconde et s'inclina devant eux.

— Je me nomme Néfaroum.

Déçus par ce prénom à consonance plus égyptienne que moderne — ne venait-il pas de leur époque? —, ils n'eurent pas le temps d'en demander davantage.

— Écoutez, dit l'homme...

Les prêtres avaient sans doute découvert le passage secret.

— Dépêchons-nous.

Ils atteignirent une porte massive. Néfaroum s'accroupit devant, posa sur le sol une petite boule de matière bleuâtre et visqueuse.

— Protégez votre tête!

L'explosion secoua les parois. Lorsque la poussière retomba, ils se faufilèrent par la trouée et montèrent quelques degrés de pierre.

— Nous nous trouvons dans les bâtiments réservés aux scientifiques de l'empereur.

Il indiqua un couloir désert.

— Tout le monde est au temple pour assister à votre sacrifice.

— Où se trouve Urantiane? demanda Paul qui s'inquiétait beaucoup pour la nef.

— Ils l'ont remontée à la surface.

Ils prirent une enfilade de corridors ouverts sur des colonnades et des jardins soigneusement entretenus. Puis, Néfaroum força une seconde porte qui donnait sur un entrepôt.

— Nous y voici, déclara-t-il, aussi essoufflé que les trois jeunes.

Paul et Kimi n'osaient faire un commentaire. Alors, Penilène dit tout haut ce qu'ils pensaient tout bas.

— Mais il n'y a rien, ici!

Elle tendit ses mains, palpa l'air.

— C'est vide !

L'homme partit d'un grand rire.

— Avez-vous oublié les pouvoirs d'Urantiane ! Elle est là, voyons ! Sous nos yeux.

Alors seulement, Paul et Penilène se rappelèrent que la nef était constamment entourée d'un champ de force qui la rendait invisible.

— Et vous savez, ajouta-t-il, comment désactiver son bouclier.

Penilène posa instinctivement sa main sur son pendentif. Urantiane apparut au milieu d'une nappe de brume et de vapeur couleur d'ambre et d'or.

— Wow ! s'exclama Kimi. Est-ce un navire de l'espace ?

— Montons à bord et décampons ! implora l'homme.

Paul s'interposa.

— Et nos deux amis ! Le cristal que nous recherchons !

Néfaroum sourit de nouveau. Il avait promis de les aider également à retrouver Chad, Vivia et le fameux cristal.

Kimi se plaça entre Paul et Penilène.

— Ce garçon nous accompagne, fit la jeune noire.

Le blond avoua à Néfaroum qu'ils ignoraient comment manœuvrer Urantiane.

— Je m'occupe de cela, rétorqua le seigneur.

Paul trouva sans mal la rampe qui conduisait au puits central de la nef.

Le masque de Tzardès

Monter à bord d'Urantiane fit le plus grand bien à Paul. Il éprouva un tel sentiment de paix intérieure qu'il sentit lui revenir une partie de sa gaieté et de son enthousiasme.

— La console de pilotage se trouve sur la mezzanine, annonça-t-il.

Il s'élança dans les marches tandis que ses compagnons prenaient pied sur le niveau principal. Si Kimi semblait impressionné par l'intérieur de l'engin invisible, Néfaroum plissait ses yeux sombres.

Penilène fila directement au sous-sol et s'enferma dans les toilettes. Il ne s'écoula que quelques minutes avant qu'elle ne sente vibrer les parois de la nef. Seule dans le noir, elle tentait de calmer ses angoisses. Peu à peu, elle acceptait l'idée que Néfaroum soit vraiment, comme il le prétendait, un «ami». Car quoi de plus naturel, pour un jeune en danger de mort, que de croire qu'un homme fort puisse les sauver?

Urantiane semblait soumise à une énorme pression. Paul s'y prenait-il correctement? Néfaroum pouvait-il réparer la nef?

Ne pouvant se résoudre à se cacher davantage, la jeune fille remonta.

— Décolle! Mais décolle! entendit-elle Paul s'écrier.

Elle rejoignit son compagnon et le découvrit assis dans son fauteuil. Néfaroum se tenait derrière lui.

— Mais qu'as-tu fait? le sermonna Penilène.

Paul avait les mains posées sur les plaques sensibles greffées à ses accoudoirs.

— Il prend contact, la coupa Néfaroum.

Décidément, ce terme commençait vraiment à énerver la jeune noire.

— Regardez! fit Paul.

La console de commande s'animait. Des graphiques et des diagrammes tridimentionnels prenaient forme sur les plaques.

— Oui, c'est ça! l'encouragea Néfaroum.

— Et maintenant? demanda Paul.

Étrangement, il sentait qu'Urantiane «résistait».

Devant la baie vitrée se profilait l'entrepôt. D'un côté se trouvaient les empilements de caisses, de l'autre les colonnades. Au-delà scintillaient les jardins.

Kimi poussa un cri : leurs poursuivants entraient dans la vaste salle.

— N'ayez crainte, dit Néfaroum, ils ne peuvent pas nous voir.

Il se pencha vers l'adolescent :

— Maintenant, Paul, tout se passe dans ta tête. Fais le vide en toi. Imagine une direction. Visualise-la en détail et la nef t'obéira.

Paul vit le ciel découpé en tranches régulières par les colonnes. S'il était réellement libre de tout mouvement, il se faufilerait entre les piliers et tendrait les bras pour s'envoler.

L'image était séduisante.

Un brusque à-coup jeta Néfaroum et Penilène au sol.

— Nous décollons! s'émerveilla la jeune noire.

Néfaroum la tira par le bras.

— Allons nous asseoir.

Kimi les imita.

— Bouclez vos ceintures.

— Mais…, s'effraya Paul, l'espace entre les colonnes est…

Il avait calculé que les piliers n'étaient distants que de deux mètres seulement. Pourtant, Urantiane jaillit hors de l'entrepôt sans en percuter aucun.

Les gardes et les prêtres furent repoussés par un violent souffle d'air. Ils virent les colonnes tressaillirent , puis, pris de panique, ils détalèrent comme des lapins.

— Nous sommes sortis! s'écria Paul.

Penilène était impressionnée. Mais pas au point de perdre complètement la tête.

— Où aller, maintenant, pour retrouver Chad et Vivia?

Paul aussi attendait une réponse. Obéissant à son impulsion mentale, Urantiane se stabilisa au-dessus de la métropole.

Néfaroum pointa le doigt sur le dôme et désigna un point par-delà les montagnes qui fermaient l'immense plaine.

— Il faut prendre au sud-ouest.

Penilène fit la moue.

— Mais nos amis doivent encore se trouver à Posséïdonis !

L'homme tira de sa cape un sac de velours noir, l'ouvrit et en sortit une petite boule de cristal qu'il posa avec précaution sur sa console.

— Je suis un devin, avoua-t-il sans ambages. Je vois les probabilités d'avenir.

Il précisa que les probabilités indiquaient que Chad et Vivia avaient déjà — ou allaient bientôt — s'approprier le cristal, qu'ils faisaient route au sud-ouest ou qu'ils s'y dirigeraient dans les heures qui suivaient.

L'étrangeté de la situation et leur nervosité d'avoir échappé de justesse à un lynchage public n'aidaient pas les deux jeunes à prendre une décision.

Suspendue, presque attentive, Urantiane attendait elle aussi.

Néfaroum sentit qu'il avait besoin de les convaincre. Alors, il feignit la colère :

— Vous sauver la vie n'est-il pas déjà de ma part un gage d'honnêteté !

Penilène baissa les yeux. Il ajouta, cinglant :

— Vous seriez morts, à l'heure qu'il est !

Paul sentait un faible courant électrique lui chatouiller les paumes. Distrait, il n'entendit pas la jeune noire avouer que Néfaroum n'avait pas tout à fait tort.

— Je dois rallier un endroit précis, leur dévoila le devin. Ma famille m'y attend.

— Votre famille ? s'étonna Penilène.

— Ai-je l'air de n'en avoir aucune ?

Il montra de nouveau l'étoile funeste.

— Les prêtres de l'Un et ceux de Bédial affirment servir des dieux différents. Mais dans la réalité, ils sont unis pour attirer le plus de fidèles dans le grand cirque. Croyez-moi, ce qu'ils veulent est simple !

D'après Néfaroum, les prêtres ne souhaitaient que se remplir les poches. Faire un gros coup d'argent avant la destruction finale. Réunir un véritable trésor et quitter l'île-continent de Possidia.

— Les prêtres et l'empereur savent qu'il existe de par le monde des endroits qui échapperont aux cataclysmes. Car que croyez-vous qu'il va arriver lorsque l'étoile frôlera notre planète !

Il affirma que l'empereur, s'il voulait utiliser les technologies de la nef pour sauver son empire — peut-être au moyen d'une arme assez puissante pour détourner l'étoile de sa course —, avait déjà lui-même fait envoyer, en secret, une bonne partie de son aristocratie et de ses proches loin de la capitale.

Il indiqua, sous eux, la pyramide aux flancs scintillants des fidèles de l'Un.

— Ce bâtiment est censé contenir les manuscrits originaux de tout le savoir accumulé par les Atlantes depuis des millénaires. Mais croyez-moi, les salles de cette pyramide sont vides, aujourd'hui !

La charge électrique parcourait toujours le corps de Paul. L'adolescent avait de plus en plus de mal à suivre le discours de Néfaroum, pourtant très cohérent et instructif.

— À l'heure où je vous parle, poursuivit le devin, les savants atlantes ont déménagé une bonne partie de leur savoir dans une de leur colonie appelée Égypte. Là-bas, ils ont érigé une pyramide plus petite que celle-ci dans laquelle ils ont enfermé, pour les générations futures, des milliers de documents.

Paul était fasciné. Cet homme parlait-il de la grande pyramide de Khéops?

Soudain las, Néfaroum baissa la voix.

— Le temps presse. Voulez-vous, oui ou non, retrouver vos amis et le cristal qui vous intéresse?

✳

Paul ordonna mentalement à Urantiane de mettre le cap au sud-ouest. Le reste du vol s'effectua dans le silence. Même Kimi, pourtant un gamin éveillé et curieux, ne parla pas. Et s'il alla aux toilettes deux ou trois fois, étonné chaque fois par la propreté des lieux, il resta sagement assis sur le siège de Chad.

Après avoir quitté la vaste plaine entourée de montagnes, ils survolèrent la fabuleuse Atlantide. Celle de Platon ou celle des auteurs de science-fiction, Paul ne savait pas.

L'adolescent n'avait lu aucun des écrits du célèbre philosophe grec. Mais le continent englouti faisait parti des mythes de l'humanité, et il se rappelait par contre avoir vu des films et plusieurs dessins animés à ce sujet.

Il avait toujours imaginé l'Atlantide comme une civilisation très avancée, peut-être en contact avec des extraterrestres. Il ne savait s'il était ou non déçu par la réalité. Car, après tout, ce n'est pas en quelques jours que l'on pouvait réellement prendre la mesure d'une société !

Ils découvrirent des plaines immenses enchâssées dans d'épaisses forêts d'aspect tropical. Puis ce fut l'océan, à perte de vue, bleu aux reflets gris acier, pendant une bonne vingtaine de minutes.

— Là, une terre ! s'exclama soudain Penilène.

Paul était curieux de connaître la topographie exacte de la planète à cette époque. Urantiane projeta holographiquement sur le dôme la découpe des continents et celle des calottes glaciaires qui étaient bien plus abondantes que celles qu'ils connaissaient.

— Ceci est l'île-continent d'Ogme, annonça Néfaroum en montrant une Terre placée en face de la côte est des futurs États-Unis d'Amérique. Et, plus bas — soit dans le golfe du Mexique —, celle d'Ariès.

Kimi avait entendu parler de ces deux autres îles atlantes. Mais, bien entendu, il n'y avait jamais mis les pieds.

— Et vous êtes certain, insista Penilène, que nos amis sont…

Néfaroum se renfrogna. Si elle avait si peu de foi en lui, pourquoi donc l'avait-elle suivi ?

— Pardonnez-nous, intervint Paul. Mais depuis quelque temps, nous vivons pas mal d'événements et d'émotions.

Penilène lui décocha un regard sombre : elle n'avait pas besoin qu'on prenne sa défense.

Quoique…

Enfin apparut une chaîne de montagnes dont les escarpements semblaient aussi rouges que du sang, et que Néfaroum nomma d'ailleurs les Terres rouges.

✳

Le devin guida Paul jusqu'à une brèche vertigineuse ouverte dans la falaise. Ils suivirent un défilé, puis aboutirent dans une immense clairière verdoyante servant de pâturages naturels à des dizaines d'espèces animales.

Penilène reconnut des buffles, des bisons, des éléphants, mais aussi des autruches et des kangourous.

La nef se posa finalement à la lisière d'un canyon semé de rochers aux silhouettes sculptées par les vents.

Avant de descendre, Néfaroum passa quelques minutes aux toilettes. Ils avaient bu, mais étaient affamés.

L'homme les rassura : sa famille avait de quoi manger !

Paul quitta son poste de commande à regret. Durant ce premier vol effectué en solo, il avait vraiment eu la sensation d'être « en contrôle », comme lorsqu'il avait emprunté, juste avant de rencontrer Chad, un des quatre roues des rangers de son père.

Ils descendirent l'échelle du puits central. Penilène effleura son bras. Ils se regardèrent en silence. La même émotion nouait leur gorge.

À l'extérieur, l'air était chaud et sec. Aussi menaçante sur l'île-continent d'Ariès qu'elle pouvait l'être à Posséïdonis, l'étoile funeste de Garabalh se couchait avec le soleil. Leurs feux conjugués étaient si aveuglants que garder les yeux ouverts s'avérait douloureux.

Néfaroum fit quelques pas. Paul et Penilène eurent l'impression qu'il se dissolvait dans la lumière rouge et mauve.

Quelques minutes s'écoulèrent.

Peu rassurée, Penilène prit Paul par la main. Elle le regardait avec un drôle d'air. L'adolescent était perplexe : avait-elle besoin de réconfort ou bien lui disait-elle, avec les yeux, quelque chose comme : «Surtout, ne te fais aucune illusion sur nous deux!»

La lumière baissait rapidement. Ils avaient hâte de goûter enfin à un peu de fraîcheur.

Les derniers mots de Néfaroum résonnaient toujours dans leur tête :

«Je vais chercher ma famille et je reviens.»

Une minute, deux, cinq…

Penilène sentait ses peurs se raviver.

Soudain, un inconnu se présenta.

L'homme portait un masque de bois noir sur le visage. Les traits de ce visage sculpté étaient peints en rouge et en jaune, et l'expression était sauvage, à la limite du grotesque, comme certains masques africains.

Paul clignait encore des yeux. Lorsqu'il les rouvrit, il reconnut les vêtements de Néfaroum.

— Quel est ce déguisement? s'enquit-il.

Des pas retentirent dans les fourrés. Trois hommes jaillirent des rochers. L'un d'eux fondit sur Kimi et le souleva dans ses bras. Les deux autres maîtrisèrent Paul et Vivia.

Néfaroum ôta alors son masque.

Les adolescents hurlèrent d'effroi.

— Je vous ai manqué? leur demanda Lord Vikram Estrayan.

＊

— Je le savais, je le sentais que c'était un piège! enragea Penilène. Les poignets et les chevilles entravés, ils étaient attachés l'un à l'autre par de solides cordes.

— Le masque! fit-elle, exaspérée.

Paul n'essayait même plus de comprendre. Estrayan les avait possédés. Comment cet homme issu du monde du Soleil de cendre avait-il pu les rejoindre, ici, en Atlantide, plus de 10 000 ans avant leur époque?

— Un devin! lâcha encore la jeune noire en ricanant.

Elle expliqua ensuite que le masque porté par Estrayan possédait des vertus magiques.

— Je l'avais vu dans la collection d'objets rares du roi Yegor. Il s'agit du masque de Tzardès*.

Elle ignorait à l'époque que ce masque rituel ancien permettait à l'homme qui le portait de se façonner un visage à sa façon et d'ainsi tromper ses ennemis.

— Ce qui m'inquiète plus que ce masque, rétorqua Paul, c'est ce rocher en apesanteur au-dessus de nos têtes...

Il ne croyait pas si bien dire!

En partant, Estrayan leur avait laissé un souvenir pesant plus d'une tonne. L'homme avait le pouvoir de commander aux minéraux — ils l'avaient appris à leurs dépens au cours de leur précédente aventure. Mais l'idée que ce rocher pouvait les écraser à tout instant était insupportable.

— Pendant combien de temps va-t-il rester dans les airs? interrogea Kimi, les larmes aux yeux.

---

* Voir tome 1 : Les porteurs de lumière.

— C'est la question à 100 dollars ! plaisanta Paul.

Cela faisait quelques minutes qu'Estrayan et ses hommes étaient montés à bord d'Urantiane.

Paul ignorait ce qu'il regrettait le plus : mourir écrasé sous un rocher ou savoir leurs ennemis aux commandes de sa chère Urantiane.

Au bout d'un moment, comme la nef n'avait toujours pas redécollé — ils n'avaient senti sur eux aucun souffle de vent —, Penilène redressa la tête.

— Que se passe-t-il d'après toi ?

— Urantiane… répondit Paul comme si cela pouvait tout expliquer.

Et, sans trop savoir pourquoi, il sourit.

Quelques minutes plus tard, Estrayan réapparut et vint les détacher.

Le cristal de Nebalom

La nuit était tombée. Pourtant, le ciel de la capitale atlante luisait du double éclat de la lune ronde et blafarde, et de celle de l'étoile funeste de Garabalh. Les désordres causés dans les rues par l'hystérie générale s'étaient peu à peu calmés. L'empereur y veillait.

Sillonnés par des patrouilles armées, les boulevards étaient déserts. Et pour une fois, nul rayon de lumière ne tombait de la haute tour de Poséidon. Ces deux mesures avaient pour but d'imposer un couvre-feu général. Sur chaque bâtiment public avaient été placardés des avis prévenant la population qu'en cas de désobéissance, les prévenus seraient immédiatement conduits dans le temple des fidèles de Bédial pour y être sacrifiés afin de « calmer les dieux ».

Seuls demeuraient des groupes de prêtres, jeunes et vieux, chargés de l'office et des prières. Éclairés par des lamperons de bronze, ils formaient des petits groupes fantomatiques dans les jardins de Nebalom.

Les bras engourdis, appuyée contre Chad, Vivia sommeillait à demi. À la fermeture des jardins, tous deux s'étaient cachés sous des buissons tout près du rocher contenant le livre sacré et le cristal du prophète Nebalom.

La jeune fille s'étira en prenant soin de ne pas sortir ses jambes du massif de buis.

— Tu vas bien? demanda-t-elle à Chad qui n'avait pas bougé depuis plus d'une heure.

L'adolescent sourit sans répondre. La chaleur de leurs épaules appuyées les unes contre les autres les tenait au chaud. Des fontaines étaient aménagées près de la grande pierre. Leur écoulement régulier les berçait tendrement.

Mais ce n'était pas le moment de dormir.

Après avoir tenté de délivrer leurs amis et constaté, rassurés, qu'ils venaient de s'enfuir, Chad en était revenu à son objectif premier : récupérer le cristal.

Tandis qu'il menait sa propre enquête, Vivia avait appris quantité de choses, durant la journée, au contact des Fidèles de l'Un qui venaient en grand nombre se recueillir près de la colonne de lumière.

— Imagine! Cela fait près de 2 000 ans que le prophète Nebalom est venu en Atlantide et que cette colonne brille tous les jours.

La jeune fille était impressionnée par ce que les habitants de Posséïdonis considéraient comme un miracle. Des gens de tous les pays venaient pour admirer la colonne. D'ailleurs, autour des célèbres jardins se trouvaient regroupées une quantité d'auberges et d'hostelleries.

Vivia murmura :

— Nebalom était l'envoyé de l'Un. Son premier fils, en quelque sorte. Il est venu apporter la parole de son Père, mais les Atlantes de son époque ne l'ont pas compris. C'est dans ce jardin qu'il a été arrêté en compagnie de ses premiers disciples. C'est sur l'emplacement du temple actuel de Bédial qu'il a été sacrifié par des prêtres jaloux.

Vivia ne faisait que répéter les informations glanées pendant la journée. Elle avait conscience de parler pour les garder éveillés, et aussi pour les distraire du froid qui s'installait malgré la présence de l'étoile de Garabalh dans le ciel.

— Nebalom était bon et pur. Toujours vêtu d'une longue toge, il guérissait les malades et ressuscitait les morts. Avant de regagner le ciel et l'Un, il a donné le livre sacré à ses compagnons de route.

D'après les fidèles, le prophète avait également laissé un cristal, hérité d'un ancien héros sanguinaire. Nebalom avait purifié la pierre, puis avait assuré qu'elle contenait toute la lumière du monde.

— Tu crois, souffla-t-elle, que ce cristal est celui que nous sommes venus chercher ?

La jeune fille se rappelait du discours de la Dame de Shamballa.

— En posant les mains sur l'élémentum, ajouta-t-elle, j'ai vu une colonne de lumière.

Elle avait également distingué un oiseau transportant le fameux cristal dans ses serres. Et cet oiseau volait vers le soleil couchant.

— Au fait, chuchota-t-elle, tu ne m'as toujours rien dit de ton idée.

Chad demeurait silencieux. Sheewa les avait abandonnés peu avant la tombée du jour. Sans doute était-elle allé cueillir des fruits dans les arbres. La femelle singe-araignée avait toujours faim!

Vivia songea qu'elle aimerait bien, elle aussi, manger quelque chose. Cela faisait combien de temps que…

Elle changea brusquement de sujet.

— Que crois-tu qu'il soit arrivé à Paul et à Penny après leur fuite? Les prêtres sont furieux. Ne devrions-nous pas plutôt essayer de les retrouver? Oh! s'écria-t-elle.

Chad dégaina son sabre et jaillit soudain du buisson.

— Il y a quelqu'un, murmura-t-il.

Vivia n'avait rien entendu. Mais Chad possédait des instincts de chasseur très développés.

Sheewa tomba d'un arbre voisin et bondit sur l'épaule de son maître.

— Ça ne va pas? s'enquit Vivia.

Une ombre se profila près du rocher sacré. Ils entendirent des bruits sourds.

«Comme si, se dit l'adolescente, quelqu'un donnait des coups de pics…»

— Le cristal! fit Chad en bondissant sur le voleur.

Tout était survenu si vite que Vivia n'était pas sûre d'avoir compris.

Elle se rappela la prophétie dont parlaient les fidèles. Le jour où la colonne cesserait de briller dans le ciel de Posséïdonis, alors viendrait la fin des temps.

De mémoire d'homme, personne n'avait jamais osé porter la main sur le cristal. Et voilà que Chad se battait contre un voleur masqué!

Effrayée par la violence des échanges — les deux combattants se donnaient des coups de pieds, de genoux, de poings et de coudes —, l'adolescente restait paralysée.

Elle se souvenait vaguement d'avoir vu des films d'art martiaux. Sauf que Chad et son adversaire se battaient sans truquages!

Sheewa sautait sur place et poussait des cris.

— Tais-toi! lui souffla Vivia, ou sinon…

Dérangés dans leurs prières, un groupe de prêtres regardaient dans leur direction. Des coups de sifflet retentirent.

— Chad! cria-t-elle. Les soldats!

Le voleur avait entendu, lui aussi. Il profita d'un instant d'inattention de l'adolescent pour le frapper derrière la tête.

Vivia se précipita.

Chad se releva et lança, l'une à la suite de l'autre, trois fléchettes qui n'atteignirent pas leur but.

— Tu vas bien? s'enquit Vivia.

— Attrape Sheewa et cachez-vous.

— Mais…

Chad prit le voleur en chasse.

Une multitude de lamperons envahissaient les jardins. Plus entêtée qu'elle n'y paraissait, Vivia courut derrière son compagnon, Sheewa sur ses talons. Elle n'avait pas franchi les limites des jardins qu'elle entendit les plaintes et les lamentations des prêtres qui constataient, horrifiés, la disparition du cristal.

✳

Chad ne quittait pas des yeux le voleur qui filait vers des entrepôts à ciel ouvert installés sur les rives du premier cercle d'eau. Même si son cœur battait sourdement dans sa poitrine, il n'était pas essoufflé. Seulement, c'était la première fois de sa vie qu'il se mesurait à un adversaire aussi talentueux que lui, et il en était encore abasourdi.

Il avait été touché à trois reprises. En combat, cela ne lui était jamais arrivé, même lorsqu'il se mesurait à des condisciples supposément plus forts que lui.

L'inconnu masqué l'avait frappé au visage, au flanc et sur la nuque. Et il avait été si rapide que ses fléchettes n'avaient pu l'atteindre !

Entièrement vêtu de noir, il était bien bâti, aussi souple qu'un roseau et plus fort qu'un léopard des neiges. Mais le plus stupéfiant, c'était les techniques qu'ils avaient échangées. À la fois identiques et différentes, il y avait entre elles de troublantes similitudes. Un peu comme si l'art de combat ancestral pratiqué par Chad était la suite logique de celui utilisé par son adversaire.

Chad suivit son voleur jusqu'à des empilements de caisses en bois et en métal. Malgré l'heure tardive, des grues de chargement étaient encore en activité. Au-dessus de l'entrepôt se trouvaient les soutes ouvertes d'une nef prête à appareiller.

Chad ignorait les usages et les horaires de ce port de marchandise. Mais il se doutait que des chargements aussi tardifs ne devaient pas être courants.

Il avisa le voleur qui se hissait le long d'un cordage à bord de la nef. Il s'apprêtait à le suivre quand une fléchette l'atteignit au défaut de l'épaule.

La pointe était sans doute enduite d'un poison rapide. Vexé de n'avoir pas vu venir le coup, il s'écroula sur le sol.

✳

Pendant son sommeil, il vit son Maître-abbé lui sourire. Leur art de combat était, disait-il, vieux de milliers d'années. Il avait été apporté dans leur pays par les rescapés d'un grand cataclysme planétaire. Ceux-ci avaient réussi à ouvrir une brèche dans leur plan dimensionnel et s'étaient installés parmi eux pour les instruire.

«Tu as sûrement combattu un de ces grands maîtres qui ont enseigné leur art aux premiers abbés de notre confrérie, Chad...»

Une impression de douceur sans pareille tira l'adolescent de sa torpeur.

— Vivia?

Chad était allongé au sol, la nuque posée sur les genoux de la jeune fille.

— J'ai pansé ta blessure, dit-elle.

— Le voleur?

Hélas, son adversaire avait disparu dans les flancs de la nef qui déployait maintenant ses immenses voiles de toile étincelante.

Une seule grue continuait le chargement.

— Si j'ai bien compris, fit Vivia en montrant la nef du doigt, cet inconnu a volé le cristal avant nous.

Chad renifla. Lui-même n'avait pas vraiment eu l'intention de voler le cristal, car voler était mal. Mais d'un autre côté, ne devaient-ils pas le récupérer ? Et Vivia n'avait pas tort au sujet de l'inconnu.

— Elle va partir, le prévint-elle en parlant de la nef.

Elle soutint son compagnon jusqu'à une pile de caissons. Chad en ouvrit un à la pointe de sa lame. Ils repoussèrent les produits protégés dans des bottes de foin et se glissèrent à l'intérieur.

— Ainsi, nous partons nous aussi ! murmura Vivia.

Elle ajouta qu'elle n'aimait pas ça, car cela les éloignerait encore de Paul et de Penny qui devaient se cacher dans la capitale.

— En plus, avec ce morceau d'étoile qui va nous tomber sur la tête…

Leur caisson fut soulevé dans les airs.

Par un interstice dans la caisse, Chad lui montra les flancs de l'appareil. Un symbole était peint sur la carlingue.

— L'oiseau qui vole vers le soleil couchant, murmura Vivia, enthousiasmée par la justesse de sa vision.

Les passagers clandestins

Il ne servait à rien de rester cacher dans la caisse. De plus, même si Vivia préférait demeurer à l'abri, elle supportait mal de se sentir prise au piège entre quatre planches.

— Que fais-tu ? s'étonna-t-elle quand Chad sortit son sabre.

— Ce n'est pas en nous cachant que nous récupérerons le cristal.

Et, prudemment, il ouvrit un des panneaux.

La nef cahotait dans le ciel. Le vent tendait les grandes voiles. Un moteur à propulsion inconnue soutenait également l'appareil, car un ronronnement doux et régulier se mélangeait aux craquements et aux gémissements des caissons.

De petits lamperons jetaient des lueurs écarlates sur les amoncellements de caisses maintenues les unes sur les autres par de solides cordages.

Sheewa voulut partir de son côté, mais Chad la retint.

— Soit tu nous suis sagement, soit je te laisse dans la caisse !

Le singe-araignée le fixa au fond des yeux. Cela attendrissait toujours Vivia de les voir ainsi communiquer ensemble.

Le jeune asiatique vérifia chacune des portes, les trouva verrouillées.

— Là ! fit-il en montrant d'imposants conduits d'aération en métal, suspendus au plafond.

Devinant combien Vivia répugnait à s'enfermer de nouveau dans un étroit goulot, il s'enquit :

— Tu préfères m'attendre ici ?

Elle haussa les épaules et se jucha sur une caisse.

Les conduits d'aération parcouraient toute la nef. Tantôt ils pouvaient librement ramper à l'intérieur, tantôt de violents appels d'air les forçaient à se tenir immobiles.

De temps en temps, ils pouvaient observer par des trappes grillagées ce qui se passait dans différentes pièces du vaisseau.

Ils se guidèrent d'abord grâce aux voix.

— Écoute ! dit Vivia. Ce navire ne transporte pas que des marchandises.

Ils atteignirent une salle dans laquelle s'entassaient des dizaines de passagers .

En les écoutant parler, ils apprirent que ces gens étaient des citoyens ordinaires de Posséïdonis.

— Ils ont dû quitter leurs maisons en secret, expliqua la jeune fille en luttant contre un étourdissement.

Chad gardait une main posée sur la bouche de Sheewa, car son amie à poil voulait faire ses propres commentaires. Il se rappelait aussi certaines paroles du prince Emen-Freï.

— L'empereur a interdit à la population de quitter la ville, expliqua-t-il. Mais les gens se débrouillent toujours pour contourner les règlements.

Il y avait des hommes seuls, mais surtout des familles : femmes, enfants, vieillards.

Progressant dans le conduit, Chad et Vivia découvrirent d'autres salles. À leur avis, la nef transportait au bas mot de 200 à 300 cents personnes.

— Comment reconnaître notre voleur ? demanda Vivia d'une voix sourde.

Chad posa sa main sur le front brûlant de la jeune fille et l'interrogea :

— Tu vas bien ?

Vivia retint ses doigts entre les siens et reprit son souffle. Dans l'obscurité, Chad ne voyait pas son visage, mais il sentait à la manière dont elle le tenait qu'elle allait mieux.

— As-tu vu à quoi ressemble notre voleur ? ajouta-t-elle.

Sheewa se libéra de la poigne du garçon et partit de son côté. Contraints de la suivre s'ils voulaient éviter qu'elle ne fasse des bêtises, ils atteignirent un embranchement d'où partaient plusieurs conduits.

— Par où est-elle allée ? s'enquit Vivia.

Chad écouta le silence troublé par des plaintes, des discussions, des éternuements.

Un nouveau déferlement d'air fit vibrer les conduits. Chad enveloppa les épaules de Vivia avec son bras. Une chaleur humide flotta jusqu'à eux.

— Respire un bon coup et ferme les yeux !

Après l'expulsion de l'air, ils entendirent non loin les petits cris reconnaissables entre tous du singe-araignée.

La cabine qu'ils découvrirent était vaste, somptueusement meublée et munie de plusieurs hublots. Ils virent un lit à colonnades en bois, des meubles incrustés dans les parois.

Il s'agissait sans doute des quartiers dévolus au capitaine. Pourtant, Chad imaginait mal un officier dormir dans un lit dont les draps étaient en soie jaune et rose !

Une trappe était ouverte dans un segment du conduit, par laquelle ils aperçurent Sheewa qui furetait dans la pièce. Attirée par tout ce qui brille — un peigne en ivoire, un miroir ou un bibelot —, elle risquait de renverser un objet ou même de jouer avec une des tuniques étalées soigneusement sur le lit.

— Sheewa, appela Chad en murmurant, revient !

Mais le singe était trop curieux pour obéir.

Des voix filtrèrent jusqu'à eux. Une porte grinça. Deux hommes entrèrent dans la chambre…

Le premier était petit et bossu. Le second, jeune et vigoureux, avait de la prestance. Tous deux portaient de somptueux manteaux brodés de fils d'or et d'argent.

Heureusement, Sheewa avait eu la prudence de se cacher !

— Ce sont des passeurs, suggéra Chad.

Vivia n'était pas certaine de comprendre. Alors, elle écouta.

— Vous avez pris des risques, ce soir, monseigneur, déclara le bossu.

— Un risque calculé. Ne vous inquiétez pas.

Il exhiba dans sa main gantée un éclat de cristal aux reflets bleus. Le premier homme s'approcha et, retenant son souffle, murmura :

— C'est donc lui ?

— Le cristal de Nebalom, mon ami.

Le jeune noble montra également un petit livre dont la reliure était en métal. Au dos de la couverture était gravé un soleil à douze rayons. L'intérieur de la sphère était scindée en trois parties distinctes : soit les trois mondes ou univers parallèles.

— Et voici le livre sacré du Prophète.

— C'est notre voleur, décréta Chad entre ses dents.

Le bossu présenta un coffret en cuir noir plaqué de feuilles d'orichalque.

— L'empereur, annonça le voleur, croit que s'il se prélasse une heure chaque jour sous une pyramide d'orichalque, il conservera longtemps sa vitalité et ses capacités intellectuelles. Mais nous ne sommes pas aussi crédules, n'est-ce pas ?

Ils se placèrent de dos par rapport à la trappe d'où les observaient Chad et Vivia, devisèrent à voix basse pendant une longue minute.

Puis, le voleur s'enquit :

— Pourrez-vous faire de ce cristal ce dont nous avons convenu ?

Le bossu inspecta la gemme et répondit qu'il pourrait sans mal la travailler selon les exigences de Son Altesse Impériale.

— Alors, je crois que cette fois Elma-Freï sera satisfaite, et moi aussi.

Ils rirent et quittèrent la pièce.

— Allons rejoindre nos invités.

Le silence retomba. Seuls le léger tangage et le ronronnement des moteurs distrayaient Chad et Vivia du coffret abandonné sur une table basse.

— Sheewa, appela Chad, tu peux sortir de ton trou !

Par signes, le jeune asiatique indiqua au singe ce qu'il attendait d'elle.

— Tu crois qu'elle a compris ? demanda Vivia.

Sheewa fouilla dans le coffret et se balança jusqu'à la trappe.

— Elle a récupéré le cristal, murmura la jeune fille. Formidable !

Encouragée, le singe redescendit et revint une seconde fois.

— Un autre cristal ? s'étonna Vivia.

Sheewa repartit encore.

Chad et Vivia se retrouvèrent finalement avec trois fragments de cristal entre les mains. L'adolescente était perplexe.

— Lequel est le bon ?

Chad remit au singe les plaquettes d'or qu'il lui restait et le renvoya.

— Nous ne sommes pas des voleurs, se contenta-t-il de dire.

Alors que Sheewa remplaçait les cristaux par les lamelles d'or, une sirène d'alarme se déclencha.

— Sommes-nous repérés ? s'effraya Vivia.

La nef vira de bord. Ils entendirent les voiles se tendre, les cordages grincer. L'appareil gita sur le côté.

Se faufilant par la trappe, Chad sauta dans la cabine et s'approcha d'un hublot. Le jour se levait sur l'océan. Au loin se découpait un rivage hérissé de falaises.

— Que se passe-t-il ? s'enquit Vivia en sentant revenir ses étourdissements.

— D'autres nefs dans le ciel, se contenta de répondre Chad.

À son ton de voix, l'adolescente comprit qu'il se passait quelque chose de grave.

Peu après, des détonations retentirent. Heurté de front par une violente secousse, l'appareil stoppa en plein ciel.

Chad lâcha, en portant la main à son arme vibratoire :

— Nous sommes attaqués.

Les pirates du ciel

Chad réfléchissait à toute allure. Si l'homme vigoureux qu'il avait vu plus tôt dans la cabine avec le bossu était son voleur, il ne laisserait pas son navire aborder sans réagir.

Un grondement épouvantable retentit dans les conduits d'aération. Suivit un souffle brûlant qui traversa la nef d'un bout à l'autre. Vivia s'accrocha aux parois pour ne pas être emportée.

— Sheewa ! s'écria-t-elle en retenant le singe contre sa poitrine.

L'appel d'air passa.

Planté devant le hublot ouvert, Chad distinguait à peine la silhouette des autres appareils. Heureusement, une gerbe de feu éclaira le ciel.

« Le voleur doit être le commandant, se dit-il, et il se défend. »

La bombarde incendiaire atteignit une des nefs adverses. Touché de plein fouet, le bâtiment prit feu et sombra dans l'océan.

Leur nef roula sur elle-même et positionna ses canons sur les appareils ennemis. Chad sentit les parois tressaillir, les cordages gémir, les voiles les tirer en avant.

Les pirates répondirent à la première salve et une bataille aérienne s'engagea.

— Chad !

Une autre détonation alluma le firmament.

Avait-il, au milieu des cris des centaines de passagers clandestins, entendu la voix de Vivia ?

Chad tendit son bras armé du revolver vibratoire, visa… Au dernier moment, il se ravisa. Tirer ne servirait pas à grand-chose, sinon à se faire repérer.

Un tir groupé déséquilibra l'appareil pirate le plus proche.

Une fois encore, l'adolescent eut l'impression que Vivia l'appelait. Sheewa lui tomba sur la nuque.

— Que se passe-t-il ?

Les yeux du singe-araignée étaient écarquillés. Chad retint son souffle, appela Vivia.

N'obtenant aucune réponse, il regagna le conduit.

La nef fit de nouveau volte-face. Chad imagina son voleur à la barre. Cet homme, décidément, était un brave !

Vivia haletait. Chad prit son pouls : il était très faible.

— Tu as de nouveau le front brûlant, dit-il. Tu as mal au cœur ?

Vivia n'eut pas la force de répondre qu'elle se sentait « partir ». C'était une sensation effrayante. Comme si son âme était tirée hors de son corps par une force inconnue.

La nef tremblait de toutes ses tôles. Peut-être avaient-ils été touchés ? Les pirates ne voulaient sans doute pas les détruire, mais seulement les aborder afin de rançonner les passagers.

Chad prit Vivia contre lui et, ne sachant quoi faire d'autre, la berça dans ses bras.

Que se passait-il à l'extérieur ? L'adolescent ne pouvait qu'extrapoler et espérer que le voleur soit aussi bon navigateur que combattant.

— Paul, Penny, bredouilla Vivia.

— Ne dis rien.

Chad chercha dans le conduit s'il ne voyait pas revenir Sheewa. Hélas, le singe-araignée leur avait encore faussé compagnie.

La jeune fille avait besoin de parler.

— Que crois-tu qu'il leur soit arrivé ? Je n'entends plus la voix de Dame Uriella dans ma tête, tu sais, et je…

Elle était découragée. En acceptant de participer à cette quête, Vivia avait espéré retrouver des bribes de son passé. Non seulement sa mémoire ne revenait pas, mais en plus elle se sentait mal dans son corps.

Une nouvelle déflagration retentit. La nef tangua. Perdaient-ils de l'altitude ou bien était-ce une manœuvre délibérée du commandant pour gêner les mouvements des appareils pirates ?

Vivia adressa une prière silencieuse à Dame Uriella : « Faites que nos amis soient vivants ! Faites qu'on se retrouve. »

Peu à peu, les tirs s'espacèrent. Une fine lumière dorée éclaira la cabine. Chad ne percevait aucune odeur de fumée. Cette lueur ne provenait donc pas d'un incendie, mais de l'aube qui se levait sur l'océan.

Sheewa revint en traînant un sac derrière elle. Chad l'ouvrit et trouva des fruits, un pain et une gourde d'eau fraîche.

— Où as-tu volé ça ? s'enquit-il.

Sheewa lui expliqua dans son langage à elle que c'était un cadeau et qu'il ne fallait pas lui poser de question.

— D'accord, mais ne recommence plus. Voler est mal.

Il ébouriffa le poil de sa petite tête avec la main et la remercia : cette nourriture tombait quand même à point !

Il coupa un fruit onctueux en trois parts inégales, tendit les deux plus grosses à Vivia et à Sheewa, et se contenta de la dernière.

L'oreille aux aguets, il écoutait les plaintes des passagers. Dans les soutes régnait une pagaille monstre. L'adolescent n'avait aucun mal à imaginer la peur et la douleur de ces gens entassés les uns sur les autres.

Vivia but une gorgée d'eau et grignota un morceau de pain. Puis, tandis que le silence revenait, Chad entendit son souffle devenir plus régulier.

— Dors un peu, je vais rester là.

Sheewa aussi était fatiguée. Elle se blottit en boule contre Vivia et ferma les yeux.

La nef avançait de nouveau.

Cette nouvelle journée allait être décisive. Serrant dans ses mains les cristaux rapportés par le singe, Chad se demanda comment ils pourraient rentrer à Posséïdonis, retrouver leurs compagnons, récupérer Urantiane et quitter cette époque folle où le ciel était éclairé par deux soleils.

✳

Le silence, plus encore que des bruits, réveilla Chad.

— Nous sommes arrivés, je crois, murmura Vivia.

Chad se dressa sur un coude. Il s'en voulait de s'être assoupi.

— Tu vas bien?

L'adolescente s'étira et, éludant la question, demanda à son tour s'il y avait des toilettes dans cette cabine.

— Ça doit.

Il se pencha sur la trappe, inspecta la pièce.

— En tout les cas, cette nuit, personne n'a dormi dans le lit.

Il se laissa pendre du plafond, visita les deux autres pièces qui composaient la vaste cabine.

— Tu peux descendre, dit-il à Vivia en l'aidant.

— Où est Sheewa?

Chad ne s'inquiétait pas pour le singe. Sheewa et lui en avaient vu d'autres. Elle saurait les retrouver.

Une belle lumière entrait par les hublots. Vivia sentit avec délice la caresse des deux soleils sur sa peau.

Dehors se dessinaient des falaises et de larges anfractuosités dans lesquelles se cachaient des grottes.

— Regarde en bas. Une anse, des bateaux, des quais!

Vivia et Chad observèrent l'animation qui régnait dans ce port du bout du monde. Des grues déchargeaient les caissons embarqués la veille à Posséïdonis. Plus loin, sur un autre quai, s'écoulait le flot des passagers.

Un bruit de pas retentit.

Chad poussa la jeune fille vers une penderie. Ils se cachèrent à l'intérieur au milieu de vêtements suspendus à une tringle. Chad frôla l'acier d'un sabre dont le manche était incrusté de gemmes semi-précieuses.

Une porte grinça. Ils entendirent un froissement de tissu.

— Prenez mes malles, dit une voix d'homme autoritaire.

Chad reconnut le timbre grave de son voleur. Il songea au coffret qui se trouvait sur une table basse.

Par une fissure dans la porte du placard, il vit que le voleur soulevait le coffret et le lançait à un complice situé hors de son champ de vision.

Puis, les deux hommes quittèrent la cabine.

Chad et Vivia se glissèrent hors de la penderie. La jeune fille tendit la tête par le hublot, huma l'air salin.

— Où sommes-nous d'après toi ?

Chad l'ignorait. Il soupesa les trois cristaux dérobés par Sheewa.

— Au moins avons-nous trouvé le cristal qu'on est venu chercher.

Vivia lui fit remarquer qu'ils n'en avaient pas un, mais trois !

— Et comment partir d'ici ?

Chad décida que le mieux était de visiter la nef — en évitant bien sûr de se faire remarquer. Peut-être trouveraient-ils un moyen de transport.

— Nous le paierons avec tes lamelles d'or, dit-il, et nous regagnerons Posséïdonis.

Cette perspective effraya soudain Vivia. Ils n'avaient que 13 et 14 ans et demi. Comment pourraient-ils traverser un océan?

Chad refusait de se casser la tête.

— Trouvons d'abord un moyen de transport. On verra ensuite pour le reste.

Quelques minutes plus tard, la sonnerie d'alarme retentit de nouveau. Des pas martelèrent les coursives.

Chad aida Vivia à se hisser dans le conduit d'aération.

— Tu crois que..., commença-t-elle.

— Le voleur a dû s'apercevoir de la disparition de ses cristaux, termina Chad. Nous ne pouvons plus rester à bord.

Ils trouvèrent une soute à moitié vide et un portillon qui ouvrait sur l'extérieur. Chad fit main basse sur un cordage qu'il noua autour d'un caisson. Accroupi devant l'ouverture, il laissa filer sa corde.

— Tu veux vraiment qu'on glisse jusqu'en bas? demanda Vivia en contemplant le vide et l'eau sombre et glacée qui les attendait.

Chad tendit sa main et dit :

— Accroche-toi à moi.

Le grand rassemblement

Vikram Estrayan n'avait jamais manqué d'audace. En effet, on ne devient pas l'homme de main d'un despote sans posséder soi-même quelques qualités essentielles, dont un caractère bien trempé, une ruse peu commune et un instinct très développé.

Il régnait dans les grottes dites de Nivor un vacarme épouvantable. Pris dans la cohue de tous ces gens qui débarquaient en désordre, Vikram se mettait à la place du chef de cette expédition. Mener les foules nécessitait du charisme et un sang-froid à toute épreuve. Si Vikram voyait juste, cet individu devait être celui qu'il avait entrevu pendant une transe dans sa boule de cristal. Cet homme serait donc en possession du premier des sept cristaux…

Vikram sourit. Méconnaissable sous les traits du devin Néfaroum, il se mêla aux voyageurs. Aidant une vieille dame avec ses bagages, tenant des enfants par la main, il glana quelques informations sur ce lieu et l'organisation du camp.

Ces gens étaient des habitants de Posséïdonis. Effrayés par les prédictions des prêtres, ils étaient tombés sous la coupe d'une devineresse du dieu de la mer nommée Possina. Celle-ci prétendait être capable de lire dans l'âme des gens et de découvrir si telle ou telle personne était destinée à survivre aux catastrophes à venir.

La peur de mourir est telle que de nombreuses personnes avaient choisi de tenter leur chance avec la devineresse. Elle affirmait n'appartenir à aucune religion et ce qu'elle proposait était simple : s'ils voulaient quitter la capitale malgré les mesures prises par l'empereur pour empêcher un exode général, ils étaient les bienvenus à bord de sa nef.

Elle ferait voile vers l'île-continent d'Ariès où se trouvaient des grottes secrètes. Avec sa fortune personnelle, Possina avait aménagé des camps et affrété des nefs volantes. Là, elle conduirait des séances de groupe pour trouver les «Élus» dont elle avait besoin pour rebâtir le monde une fois les cataclysmes achevés.

Vikram errait à présent dans ces camps : des abris en bois, en pierre et en toile aménagés dans la caverne ouverte sur la mer. Tandis qu'il étudiait les lieux, cherchant toujours à repérer ce chef qui possédait le cristal, il se rappelait les événements qui l'avaient conduit jusqu'ici.

D'abord, les quatre envoyés de Shamballa. Il les avait patiemment cherchés, enlevés et amenés dans le palais du roi Yegor. Comme l'Ancépalomie moderne, la cité de Baârka et Yegor lui-même paraissaient loin, aujourd'hui !

Il avait conscience de vivre une aventure extraordinaire. Il assistait aux ultimes moments de la dernière civilisation atlante dans le monde du Soleil doré.

Il passa rapidement en revue les fabuleux instruments en sa possession. D'abord, les œufs ouvremonde avec leur contenu de foudre liquide qui lui permettait de franchir l'espace, les dimensions et le temps. Ensuite, sa boule de cristal de divination dans laquelle il voyait l'époque où se trouvait la nef Urantiane ainsi que Paul, Penilène, Chad et Vivia. Il avait également eu besoin de l'or du roi Yegor ainsi que de ses hommes de troupe, mais aussi du masque de Tzardès qui l'aidait à se composer de nouveaux visages.

Paul et Penilène avaient paru stupéfaits de le revoir. Il n'avait pas perdu son temps à leur expliquer le pourquoi du comment.

Il atteignit le sommet d'un promontoire d'où il dominait l'ensemble du camp. Des centaines de personnes étaient rassemblées. Vikram distingua des soldats qui obéissaient sans doute aux ordres de l'homme qu'il recherchait.

Quelle était l'exacte organisation de ce camp ?

À vrai dire, il s'en moquait. Son esprit ne devait être concentré que sur une seule tâche : retrouver le premier des sept cristaux perdus. Il ne devait songer à rien d'autre.

Mais comme il est difficile d'empêcher les pensées d'entrer dans notre tête, Vikram ne pouvait en même temps ignorer son autre problème.

Il avait cru qu'en aidant Paul et Penilène à regagner Urantiane, il apprendrait lui-même à piloter la
nef spatiale.

Hélas, seul le magnétisme de Paul semblait
pouvoir activer la soucoupe. C'était la raison pour
laquelle il n'avait pu se débarrasser de lui.

Il avait donc été obligé de les libérer et de
demander à Paul de conduire Urantiane près des
grottes. D'abord, le jeune blond avait refusé. Mais
Paul, il le savait, n'avait ni la trempe de Chad ni la foi
inébranlable de Vivia. Vikram n'avait eu qu'à menacer
de tuer Penilène pour le convaincre d'obéir.

Vikram fit un effort pour calmer sa frustration,
et se promit de trouver plus tard une solution au problème que lui posait le pilotage de la nef Urantiane.

Une voix impérieuse retentit. Le brouhaha
s'apaisa aussitôt.

— Citoyens de Posséïdonis, clama un homme,
en mon nom et en celui de la devineresse Possina,
je vous souhaite la bienvenue dans les grottes de
Nivor. Ne vous inquiétez pas. De l'eau et de la nourriture vont vous être distribuées, ainsi qu'un logis et
des couvertures pour vous reposer de vos émotions.

Vikram plissa ses paupières. Cet homme debout
sur une passerelle dominant le camp, enveloppé
dans une longue cape de cuir bleu, était sans
contredit celui dont il avait entrevu la silhouette
dans sa boule de cristal.

Un jeune homme à côté de Vikram murmura
soudain à l'oreille de sa compagne :

— C'est notre voleur…

Vikram se retourna et se raidit : Chad et Vivia se
tenaient devant lui !

L'adolescente sembla prise d'une crampe.

— Est-ce que ça va ? demanda le garçon.

Vivia se força à sourire. Elle venait de sentir une présence maléfique autour d'eux.

Vikram recula. Se pouvait-il que cette fille perçoive sa signature énergétique ?

Si tel était le cas, il devrait se montrer très prudent.

Un plan germait dans son esprit. Des quatre jeunes, Chad et Vivia étaient les plus dangereux. Pour les éliminer, le mieux était d'abord de gagner leur confiance…

La décoction d'herbes

Paul ne s'était jamais senti aussi humilié de sa vie. Enfin, sauf peut-être lorsqu'à l'âge de huit ans, il s'était accidentellement retrouvé tout nu devant des filles de sa classe.

Penilène et Kimi étaient, tout comme lui, attachés aux rambardes du puits central d'Urantiane. Pendant ce temps, les trois soldats laissés par Lord Vikram pour les surveiller allaient et venaient librement dans la nef.

C'était surtout ça qui frustrait le jeune blond. D'ailleurs, il ne se priva pas pour le dire à mi-voix à ses compagnons :

— Urantiane n'aime pas que ces étrangers fouillent partout !

Penilène ne savait trop quoi penser. La veille, ils avaient failli être écrasés sous un énorme rocher. À présent, ils étaient prisonniers, mais vivants. Cela valait quand même mieux que d'être aplatis comme des crêpes !

Avisant un des soldats qui faisait mine de dormir affalé sur le fauteuil de Chad, elle demanda :

— Excusez-moi. Il faut que vous me détachiez.

L'homme la considéra d'un œil morne.

«Traitez-les bien, mais méfiez-vous d'eux!» avait ordonné Lord Vikram.

Où commençait la gentillesse et où finissait la méfiance? Le jeune militaire — il ne semblait pas avoir plus de 30 ans — hésitait.

Il appela son supérieur qui étudiait, comme Vikram avant lui, le symbole du soleil et des trois mondes gravé sur le muret de la mezzanine, et le mystérieux compte à rebours.

— Hum… 100250000…, commença-t-il avant de détourner la tête. Qu'y a-t-il, sergent?

— Mon capitaine, la fille veut qu'on la détache.

L'officier se planta devant Penilène.

— Voyez-vous ça!

— Problème féminin, murmura à contrecœur la jeune noire.

Devant l'air songeur de l'homme, elle ajouta sur un ton cassant :

— Vous n'avez ni femme ni fille à la maison!

Le militaire sembla enfin comprendre de quoi il retournait et donna l'ordre au sergent de la détacher.

Il appela ensuite le troisième lascar qui était aux toilettes depuis un peu trop longtemps à son goût. Levant un doigt devant le visage de Penilène, il menaça :

— Vous avez intérêt à vous tenir tranquille.

— Parole de scout! plaisanta la jeune fille.

Paul se retint de rigoler. Kimi ignorait, bien entendu, qui étaient les scouts. Même s'il avait peur de ces hommes, il se sentait bien à bord d'Urantiane. Et puis, il était avec ses amis.

Le capitaine et ses deux sergents s'étaient portés volontaires pour accompagner Lord Vikram dans sa mission à travers le temps et les dimensions. Le roi Yegor s'était engagé, durant leur absence, à verser une solde très généreuse à leurs familles. De plus, cette quête avait du piquant. Escorter Lord Estrayan se révélerait bénéfique à de nombreux points de vue : entre autres, celui de l'expérience. Ils pourraient de surcroit, en le soutenant, faire la démonstration de leurs talents de militaires.

Pourtant, cette première mission prenait des allures inquiétantes. La présence de ce fragment d'étoile, dans le ciel, ne cessait d'angoisser les trois hommes.

Penilène le sentit peut-être, car en descendant les marches menant à la cabine des filles, elle expliqua que ce compte à rebours ne représentait pas le laps de temps qui restait à l'Atlantide avant que ne survienne le cataclysme fatal, mais bel et bien celui qui restait à leurs propres civilisations… toutes dimensions confondues.

Le capitaine fit claquer sa langue d'impatience et demanda au jeune Kimi s'il connaissait la région.

Puisque les hommes de Vikram ignoraient la langue atlante, le capitaine ne comprit rien de la réponse du garçon.

Paul traduisit :

— Il dit que non. Mais il prétend par contre être aussi malin et débrouillard qu'un singe.

Le capitaine écarquilla les yeux. Ces jeunes comprenaient l'atlante !

— Très bien, grommela-t-il. Alors, je le charge d'une mission.

L'officier ne risquait pas grand-chose en envoyant Kimi chercher de l'eau et des épices pour apprêter la viande de kangourou qu'un de ses sergents avait ramenée.

Penilène revint quelques minutes plus tard.

— Sergent, dit le capitaine, vous allez accompagner ce garçon. Ne le lâchez pas d'une semelle et revenez avec de l'eau et des épices.

— Où emmenez-vous Kimi ? s'inquiéta Penilène.

Paul s'étonnait de la voir si concernée par le sort de leur jeune ami. Peut-être la New-Yorkaise n'était-elle pas aussi froide et égoïste qu'il l'avait pensé !

Le capitaine poussa l'enfant dans le dos.

— Ce n'est qu'un gamin, plaida Penilène.

L'officier était un homme de stature moyenne. Portant l'uniforme des gardes du roi Yegor sous sa tunique à la mode atlante, des cheveux bruns coupés en brosse et une moustache de pirate, il jouait les durs, mais il avait l'air perdu si loin de chez lui.

Le premier sergent — le paresseux, comme le surnomma d'emblée Penilène — avait les cheveux blond filasse, le visage en pain de sucre, l'œil morne et les manières d'un nonchalant ; ce qui était plutôt surprenant chez un militaire.

Gêné de s'être laissé surprendre en train de sommeiller, il se leva d'un bond et fit son rapport. À son avis, même si la nef Urantiane avait été trouvée dans le bassin mogalos de Varrmina, elle était de facture extraterrestre[*].

---

[*]   Voir le tome 1 : Les porteurs de lumière.

Au grand étonnement de Paul, il parla du convecteur spatiotemporel situé sur la mezzanine et expliqua que les matériaux composants la nef n'étaient ni du métal ni du plastique.

— Ce sont plutôt des espèces de micro-organismes vivants.

— Vivants! s'exclama le capitaine. Sergent, vous déraisonnez!

Emporté par cet élan qui est souvent le signe distinctif des grands nerveux, le sergent nomma toutes les commodités que contenaient la nef, dont deux minitoilettes et une douche ultra-performante, précisa-t-il, quatre couchettes avec une multitude de placards, un poste médical comportant du matériel de premiers soins ainsi qu'un réfrigérateur, une cuisinière, un four à micro-ondes. Enfin, tout le confort moderne adapté aux besoins de quatre personnes.

Le capitaine avait cru reconnaître une plaque électrique sur un des comptoirs; détail qui lui avait donné l'envie de déguster sa viande cuite ainsi qu'un bouillon chaud même si la chaleur, à l'extérieur de la nef, était insupportable.

Un autre point, insista le sergent blond, était fascinant à ses yeux : le champ de force d'invisibilité entourant la nef en permanence et commandé à distance par les pendentifs de Paul et Penilène qu'ils leur avaient confisqués.

— C'est génial, s'extasia le sergent. De l'intérieur, nous voyons tout. Mais du dehors, personne ne peut voir la nef.

Paul commençait à éprouver de la sympathie pour ce sergent aussi passionné que lui par Urantiane.

147

Penilène fut de nouveau menottée aux montants du puits central.

— J'espère que rien n'arrivera au petit, dehors, laissa-t-elle tomber avec rage.

Le capitaine ignora son commentaire.

— Il me semble, reprit le sergent blond, qu'Urantiane respire et qu'elle nous entend.

Ce qui était très exactement l'opinion de Paul.

— Balivernes ! le rabroua le capitaine.

Ces hommes devaient avoir des noms. Mais ni Paul ni Penilène n'étaient vraiment intéressés à les connaître, car appeler un homme par son prénom était déjà un signe d'acceptation. Et il n'était pas question de garder ces étrangers à bord d'Urantiane.

Le deuxième sergent revint peu après avec Kimi. Comme ils riaient, le capitaine fronça les sourcils.

— J'apprends quelques mots d'atlante, déclara le sergent en déposant une cruche d'eau sur le sol.

— Pas de familiarité avec les prisonniers, le réprimanda son supérieur. Lord Estrayan reviendra bientôt avec le cristal. Cette soucoupe sera alors à nous et…

Une gêne tomba soudain dans le cockpit.

Le sergent blond toussota et reprit son étude de la nef. Le capitaine monta s'asseoir sur le siège de Paul. Il pourrait, à partir de la mezzanine, mieux surveiller les prisonniers. Enfin, le second sergent, un athlète au visage carré et aux yeux vifs, mit le quartier de viande à bouillir sur la plaque chauffante.

Kimi prépara les herbes qu'il avait cueillies dans les taillis autour de la nef. Ils n'avaient rencontré ni humain ni animaux, et cela valait bien mieux ainsi.

Employé comme aide-cuisinier, le garçon ne fut pas rattaché. Paul traduisit ce qu'il disait.

— Il annonce qu'il nous prépare une tisane avec ces herbes. À Posséïdonis, sa mère utilise les mêmes. Elles sont excellentes pour la digestion.

Penilène crut que Kimi leur adressait un clin d'œil. Mais sans doute avait-elle mal vu.

Un détail, cependant, la préoccupait. Kimi ne leur avait-il pas assuré qu'il était orphelin de naissance ? Paul, lui, paraissait avoir tout compris. Mais quoi ? Se débattant avec un affreux mal de tête, Penilène ne voulut pas se donner la peine d'y réfléchir davantage. Croyant avoir son jeune frère Arthur devant elle, elle lui sourit.

Le repas fut bientôt prêt. Dans des placards situés sous le comptoir, ils trouvèrent des couverts et des ustensiles faits dans un matériau doux et translucide qui n'était ni du verre, ni du métal, ni du plastique.

Au moment de trinquer avec la tisane préparée à partir des herbes de Kimi, le capitaine fit signe au garçon de s'approcher.

— Dis donc, toi, me prendrais-tu pour un imbécile !

À cet instant, son transistor de communication grésilla et la voix d'Estrayan retentit dans le cockpit.

— Capitaine, votre rapport !

Le militaire se mit au garde-à-vous même si Vikram n'était pas présent dans la nef.

— Tout est sous contrôle, mon Seigneur.

Vikram expliqua qu'il avait pris contact avec l'homme « qui possédait le cristal » mais aussi, étrangement, avec Chad et Vivia.

— Je vais m'arranger pour les éliminer, déclara-t-il.

Paul et Penilène encaissèrent le double choc.

Les deux sergents souriaient, car ils allaient bientôt rentrer à Baârka avec la nef et le cristal, et, peut-être, disposer de quelques jours de permission pour revoir leurs familles avant de repartir chercher les six autres cristaux.

Rassurés, ils burent leurs tisanes.

Lui-même plus à son aise, le capitaine les imita.

— Nous mangeons d'abord, dit-il en s'adressant à ses prisonniers. Vous aurez ce qui restera.

Paul et Penilène étaient complètement découragés. Kimi se rassit près d'eux. La tête rentrée dans les épaules, il semblait encore plus petit et plus jeune.

Paul se pencha sur son épaule :

— Tu sais, je m'excuse de t'avoir entraîné dans cette histoire. Nous allons mourir, et toi…

Soudain, l'un après l'autre, les trois hommes se sentirent les jambes molles, la tête lourde. Le capitaine essaya de dégainer son arme vibratoire, mais la force lui manqua.

Quelques secondes plus tard, ils tombèrent sans connaissance.

Kimi éclata de rire :

— Ce n'est pas ma mère, mais une ancienne prêtresse qui utilisait ces herbes, expliqua-t-il. Elle s'en servait pour endormir les orphelins trop turbulents dont elle s'occupait.

— Bien joué ! s'écria Penilène.

Le garçon récupéra la clef des menottes dans la poche du capitaine.

— Maintenant, décida Paul, c'est à nous de nous débarrasser d'eux.

Ils les désarmèrent, récupérèrent leurs pendentifs, les soulevèrent par les pieds et les aisselles, les sortirent de la nef. Même s'il regrettait un peu le sergent blond, Paul était bien soulagé. Et il assura qu'Urantiane l'était autant que lui !

Ils retournèrent dans la nef, refermèrent le panneau du puits.

Penilène posa sa main sur son bras.

— Tu as entendu Lord Vikram !

— Oui. On ne va pas le laisser faire.

Il prit une bouchée de viande, s'installa devant la console de Penilène, activa le système de recherche et demanda à Urantiane de localiser leur ennemi.

— Elle peut faire ça ? s'étonna la jeune noire.

— Urantiane est équipée d'une sorte de GPS. Il ne fonctionne pas par satellite, bien sûr, mais…

— Et tu sais ça comment ?

— Télépathie. Voilà, fit Paul, ce n'est pas très loin d'ici.

— Et ?

— Je vais rester ici et vous surveiller de loin. Toi, tu iras prévenir Chad et Vivia.

— Je n'aime pas ton plan. Pourquoi ce serait moi qui...

— Écoute ! Les soldats sont attachés dehors. Il faut bien que quelqu'un qui sache comment piloter Urantiane reste ici pour les empêcher de rejoindre Vikram. Et puis…

Kimi tapota l'épaule de Penilène.

— Moi, dit-il, je vais venir avec toi.

— Je ne l'aime vraiment pas, ton plan, insista la jeune fille.

— Vivia, Chad et toi vous récupérerez le cristal avant Vikram. Et moi, je viendrai vous récupérer avec Urantiane.

— La belle affaire !

Kimi souriait. La vieille prêtresse qui s'était occupée de lui un temps avait subitement disparu. Peut-être se trouvait-elle parmi les réfugiés qui vivaient dans ces grottes dont avait parlé Lord Vikram ?

— J'aimerais tant la retrouver.

Penilène se sentait prise au piège. De plus, son mal de tête se changeait en mal de ventre.

— D'accord, maugréa-t-elle. Mais avant, je dois aller me rafraîchir.

Et elle fila droit aux toilettes !

La devineresse

Chad, Vivia et Néfaroum marchaient au milieu des réfugiés.

— ... et comme je vous le disais, fit le devin, je n'en pouvais plus de rester à Posséïdonis. Mais regardez, tous ces gens vivent la même terreur !

À cet homme étrange qui les avait abordés une heure plus tôt, Chad répondait par monosyllabes. Vivia elle-même, d'ordinaire plus aimable, restait discrète. Alors, Néfaroum parlait pour trois, faisant à la fois les questions et les réponses.

Le camp s'organisait dans un brouhaha et une agitation angoissés. Habitués au confort de leurs maisons, beaucoup de citadins se sentaient déracinés et sans ressource. Pourtant, le seigneur Viracochem, qui avait tout à l'heure souhaité la bienvenue aux nouveaux arrivants, ne s'épargnait aucun effort. Accompagné de ses gens, il allait vers les réfugiés et écoutait quels étaient leurs besoins. Il leur faisait porter de l'eau, du savon, des couvertures, des vivres.

— Oui, répéta sombrement Néfaroum, ils ont peur.

Il montra l'étoile, aussi basse dans le ciel en cette fin d'après-midi que le véritable soleil, et le cortège de nuages couleur de sang qui les accompagnait.

— J'ai entendu dire que la présence de cette étoile était déjà, dans d'autres pays, la cause de grands désordres sociaux, écologiques et météorologiques. Révolutions, tempêtes tropicales, raz-de-marée, tremblements de terre, éruptions volcaniques. Les hommes et le climat sont devenus fou. Partout, les gens fuient les cités côtières. Dans les montagnes se construisent des villes retranchées. Et puis, il y a ceux qui croient encore que les sacrifices vont apaiser les dieux, et d'autres qui pensent que la fin du monde est inévitable.

Un enfant pleurait. Vivia le prit spontanément dans ses bras. Sheewa tirait Chad par la main. Que voulait-elle lui montrer ?

— Et vous, que croyez-vous ? lui demanda brusquement le garçon asiatique.

Néfaroum/Vikram prit son temps pour répondre. Ce n'était pas le moment de commettre une erreur...

— Je pense, fit-il, que cette étoile fera des ravages considérables.

Chad le fixa au fond des yeux. L'adolescent n'avait jamais craint les adultes, car il connaissait sa valeur et sa force intérieure. De plus, son Maître-abbé lui avait appris à écouter la voix de son âme.

« Il ne me fait pas confiance, devina Vikram. Ce garçon a autant de flair que de cran. »

— Tout ce que nous voyons aura cessé d'exister d'ici quelques jours, approuva Chad d'un seul souffle.

Vikram évalua cette réponse ambigüe. Chad parlait-il seulement de l'Atlantide? Ou bien lui disait-il également, mais à mots couverts, que ce monde n'était pas le leur et que d'ici quelques jours, ils se retrouveraient ailleurs?

Vivia ramena l'enfant à sa mère. Quand elle revint, ses yeux étaient embués de larmes.

Elle adressa un geste aux parents du petit garçon.

— Ils sont arrivés avant nous, dit-elle.

— Ils ont l'air bien installés, remarqua Néfaroum.

Vivia le dévisagea, puis se détourna.

Néfaroum vit Chad prendre le bras de la jeune fille et ressentit que s'ils ne se parlaient pas beaucoup, ces deux-là éprouvaient déjà ou éprouveraient bientôt des sentiments l'un pour l'autre. Faiblesse qu'il pourrait exploiter en temps voulu…

Vivia reprit :

— Aujourd'hui, ils ont rencontré la devineresse de Poséidon, mais ça n'a pas marché.

— Comment ça?

La jeune fille évoqua la magnifique nef volante aux voiles d'or ancrée dans le port. Pas celle à bord de laquelle ils étaient arrivés, mais l'autre, qui appartenait à Possina.

— Seuls les Élus seront invités à monter à bord de cette nef-ci, précisa-t-elle. Ceux-là partiront vers les Terres de l'Ouest. Quant aux autres…

Elle fit un geste qui englobait les parents de l'enfant ainsi que nombre d'individus tout autour.

— Ces gens sont pourtant tous des Atlantes venus de Posséïdonis ou d'autres cités. Malheureusement, ils n'ont pas été reconnus par la devineresse. Ils resteront là.

Des cris retentissaient parfois, accompagnés de pleurs et de crises de colère.

Vivia expliqua que parmi ceux qui avaient été rejetés par la devineresse se trouvaient des pères de famille.

— Pourquoi n'ont-ils pas été retenus ? demanda Néfaroum. Sur quoi cette mystique se base-t-elle pour décider qui est Élu et qui ne l'est pas ?

Vivia haussa les épaules. Chad s'aperçut qu'elle tournait de l'œil.

— Je vais aller te chercher de l'eau.

Vivia se raccrocha à lui.

— Non. Reste !

Néfaroum ne savait comment réagir. Devait-il se proposer pour y aller lui-même et risquer de les perdre ? Ou bien ne devait-il rien faire et passer pour un égoïste ?

— Je vais y aller, décida-t-il finalement. Je ne serai pas long.

Chad fit asseoir Vivia sur un rocher.

— Je me méfie de cet homme, dit Vivia.

— Je sais.

Tous deux suivirent Néfaroum du regard jusqu'à ce qu'il se perde dans la foule.

— En tout cas, fit le jeune asiatique, Viracochem est bien l'homme qui a volé notre cristal.

Il tâta les trois éclats de cristal qu'il portait à la taille dans une petite sacoche en cuir.

— Il faut trouver un moyen de regagner la capitale. Nous trouverons ensuite lequel est le bon.

— Retrouver Paul et Penny ?

— Et Urantiane, ajouta Chad. Et, aussi, quitter cette époque au plus vite.

Une file de gens se formait devant eux. À une dizaine de mètres s'élevait une plateforme sur laquelle avait été construite une sorte de hutte en forme de pyramide.

Ils apprirent que c'était dans cet étrange bâtiment que la devineresse recevait, depuis quelques heures, chaque personne individuellement.

Soudain, un homme remonta la file et se campa devant les marches de bois. Tendant son poing en direction de la pyramide, il semblait en colère.

Debout aux côtés de Vivia, une vieille femme se désola pour lui :

— C'est un artisan de mon quartier, dit-elle. Tout à l'heure, Possina lui a appris qu'il ne ferait pas parti des Élus. Qu'il ne partira pas dans la nef dorée.

Vivia comprenait qu'être rejeté signifiait que le voyage s'arrêterait dans cette grotte du bout du monde.

— Il a perdu son fils, l'année dernière. Il avait juré de vivre pour que son enfant soit fier de lui. Hélas…

La voix de la vieille dame se brisa.

Chad et Vivia réalisèrent que les réfugiés vivaient réellement dans la peur.

Le bruit du ressac, omniprésent, résonnait sous les voûtes. Des gardes tentaient de maintenir l'ordre. Ils se saisirent de l'énervé et l'escortèrent jusqu'à son campement.

Viracochem apparut sur la plateforme et réclama le silence. Il parlait dans un porte-voix en métal. Sa voix, ferme et profonde, ramena un semblant de calme.

— Restez dans la file, conseilla-t-il. Des assistantes de Possina vont passer dans les rangs et choisir ceux et celles qui vont maintenant lui être présentés.

Chad poussa Vivia. Il fallait qu'ils sortent de la grotte. Sheewa avait de nouveau disparu. L'adolescent la sentit soudain sur son épaule. Il tendit l'oreille, écouta…

Vivia était curieuse.

— Que te raconte-t-elle?

— Que la nef qui nous a amenés s'apprête à appareiller, répondit Chad. Nous avons le cristal. Il ne nous reste plus qu'à…

Un grondement emplit la grotte. La voûte trembla sans raison apparente. La panique s'empara des réfugiés. Certains tombèrent à genoux et implorèrent Poséidon. D'autres invoquèrent Bédial ou l'Un.

— Du calme! Du calme! demanda encore Viracochem du haut de l'estrade.

Une aiguille de roche se détacha soudain du plafond.

— Attention! s'écria une fille en poussant Chad.

Le jeune asiatique heurta deux autres personnes. Le rocher s'écrasa à l'endroit même où Chad se tenait un instant plus tôt.

— Ca va? s'empressa Vivia.

Penilène bouscula des gens et les rejoignit.

Vivia prit la jeune noire dans ses bras. Essoufflée, décoiffée, les habits gris de poussière, les sandales éraflées et les mollets collés de brins d'herbe, elle était méconnaissable. Un garçon au teint sombre l'accompagnait.

Entouré par les deux filles, Chad épousseta sa longue tunique et rajusta le bandeau sur son front. Comme d'autres, il contemplait la pierre écrasée. Mais au lieu de penser qu'elle était envoyée par les dieux en guise d'avertissement, il serrait sous son vêtement le manche de son sabre.

— Lord Vikram, haleta Penilène. Un homme entre deux âges, sévère, avec les cheveux noirs et une moustache.

— Néfaroum ? devina Vivia.

— C'est Lord Estrayan, corrigea Penilène. Il a changé d'apparence grâce à un masque rituel enchanté. Tout à l'heure, je l'ai vu tendre les bras au-dessus de sa tête.

Ils le cherchèrent des yeux sans le trouver.

Penilène expliqua que Paul et Urantiane n'étaient pas loin.

— De notre côté, nous avons trouvé le cristal, annonça Vivia.

Chad parla plutôt de trois cristaux et lui demanda de les conduire.

Ils rebroussaient chemin quand un garde attrapa Vivia par l'épaule.

— Par ici, jeune fille. Tu as été choisie…

Vivia fut entraînée par deux robustes gaillards.

Prévenu par Sheewa, Chad atteignit les marches menant à la plate-forme. Mais l'accès lui fut refusé par quatre solides gaillards armés de lances électrifiées.

Tirée par un bras, Vivia se retrouva au milieu d'un groupe de gens qui attendaient leur tour.

Elle chercha ses amis du regard. Chad se mesurait aux gardes aux pieds de l'escalier. Allait-il forcer le barrage pour la rejoindre ?

Des servantes placèrent les réfugiés en file indienne. Vivia se retrouva en tête.

Tout à coup, le rideau qui fermait l'embrasure de la pyramide s'écarta.

Une femme jeune et belle vêtue d'un habit en soie blanche apparut. Vivia aperçut le magnifique diadème orné d'un cristal aux reflets bleu outremer qu'elle portait sur ses cheveux blonds.

Elle comprit enfin pourquoi ils étaient venus jusqu'ici…

La lecture d'âmes

Depuis quelques heures, Possina avait du mal à se concentrer. Viracochem, son fiancé, prétendait qu'elle en faisait trop. C'est une des raisons pour lesquelles, tout à l'heure, ils s'étaient disputés.

«Comment pourrais-je m'arrêter et me reposer, lui avait-elle dit. L'étoile est maintenant toute proche. Je sens la Terre crispée de terreur, de nouveaux réfugiés ne cessent d'arriver. Et tu viens de m'apporter ce dont j'avais réellement besoin!»

Lire les gens, deviner leur âme, puis décider s'ils devaient survivre ou pas aux cataclysmes était une écrasante responsabilité. Elle plissa les paupières, demanda à ce que l'on fasse entrer la prochaine personne, se centra sur ce qu'elle appelait encore sa «noble tâche».

Lorsqu'elle rouvrit les yeux, une jeune fille d'à peine 13 ans se tenait devant elle.

Possina éprouva un choc. Car, elle le sentait très fort, cette adolescente était particulière.

Elle fit le vide dans son cœur et dans sa tête. Puis, elle se brancha mentalement avec le nouveau cristal fixé sur son diadème.

Pour plus de facilité, elle demanda à la jeune fille de s'asseoir sur le tabouret de bois recouvert de feuilles d'orichalque, et de lui donner ses mains.

Le contact entre les l'âmes passait par les mains — Possina l'avait toujours su.

Elle inspira de nouveau et commença, comme chaque fois, par énoncer le nom de la personne.

— On t'appelle Vivia, déclara-t-elle.

Ses paupières frissonnaient. L'âme de cette fille avait beaucoup à raconter.

— Détends-toi, ouvre ton âme, aie confiance…

D'ordinaire, ce qui intéressait le plus Possina était les capacités de la personne ainsi que son niveau de conscience.

Pour cette fille, par contre, les choses s'annonçaient différentes.

— Tu viens de très, très loin, annonça-t-elle. Et tu ne viens pas seule.

Elle voyait évoluer autour de l'adolescente trois sphères distinctes — trois planètes ou soleils. La première était gris argenté, l'autre dorée. La troisième, laiteuse et diaphane, ressemblait à un énorme cristal.

La prêtresse se rappela ses nombreuses lectures et les enseignements qu'elle avait reçus : Nebalom lui-même parlait de trois Terres ou univers imbriqués l'un dans l'autre et vivant en symbiose à des fréquences vibratoires différentes.

«Cette fille, se dit Possina, a vécu ou a voyagé dans chacun de ces trois mondes parallèles.»

Se fiant à son instinct, elle tendit la main, remonta la manche droite de Vivia.

— Oh! s'exclama-t-elle.

L'adolescente se raidit.

— N'aie crainte, la rassura la devineresse, ce symbole est connu des sages atlantes.

«Connu, mais guère compris», se dit-elle au même instant.

Un flot d'images coulait dans sa tête.

— Je te vois toute petite dans les bras d'un homme puissant, sans doute ton père. Cet homme vit dans un ciel illuminé. C'est tout un personnage. Il te tient contre lui, il ne veut pas te perdre. Et puis…

La transe de Possina atteignait sa phase critique. Malgré sa grande fatigue, elle poursuivit :

— Ton père est contraint de te laisser partir. Tu quittes ce monde de lumière paisible et tu descends vivre dans un autre univers. Une femme t'accueille. C'est ta mère. Elle vit… à l'écart du monde. Elle appartient à une race bien spéciale mal-aimée par les hommes de ce monde au Soleil doré. Ces hommes vivent vite, très vite. Ils ne prennent pas le temps de penser à leur vie intérieure. Ils…

Les mains de la jeune fille étaient brûlantes entre les siennes. Leurs deux cœurs battaient à l'unisson.

Possina reprit son souffle.

— Et puis survient un drame. Tu pleures, tu es recroquevillée sur toi-même. Tu as peur, tu as mal. Alors, tu t'échappes.

Vivia ne faisait pas qu'écouter. Elle revivait ces séquences de son passé au fur et à mesure que la devineresse les lui racontait.

Ces souvenirs perdus refaisaient surface, lentement, comme s'ils sortaient d'une fosse ou d'un bassin rempli d'eau glacée. Elle se sentait tendue comme la corde d'un arc.

Possina lâcha soudain un cri et écarquilla les yeux.

— Tu es venue de si loin pour une raison précise. Tu poursuis une quête.

La devineresse se tut, car elle avait l'intuition que cette quête était aussi importante que la sienne. À sa façon, Vivia et ses trois amis étaient présents en Atlantide pour sauver leur propre monde.

Une dernière image lui fit lâcher les mains de la jeune fille.

Elle cria de nouveau et sortit de sa transe.

— Je vois un crabe.

— Un crabe ? bredouilla Vivia.

Possina contempla le beau visage de l'adolescente. Sa peau avait la couleur du bronze chaud, son front était haut et dégagé, son sourire, charmant, n'était que gentillesse et innocence. La devineresse sentait surtout émaner de cette jeune personne beaucoup de douceur et de compassion. Elle devina d'ailleurs qu'à peine arrivée dans les grottes de Nivor, Vivia avait aidé quelques personnes : entre autres, un enfant qui avait perdu ses parents.

— Fille de l'eau, murmura-t-elle, tu es toi aussi à ta façon une fille de notre divin père Poséidon.

À l'extérieur de la pyramide, la foule commençait à s'impatienter. La séance durait depuis trop longtemps. Et le temps, Possina le savait, était un luxe qu'elle ne pouvait plus se permettre.

Vivia la rappela poliment à l'ordre.

— Vous avez parlé d'un crabe?

— Dans ton corps, dans ton sang, jeune fille. Te sens-tu faible, parfois? As-tu mal?

Vivia approuva. Et étourdie, aussi. Désorientée. Ces symptômes lui faisaient très peur.

— Est-ce que… je suis malade? demanda-t-elle d'une voix à peine audible.

Le rideau s'écarta et un adolescent au teint jaune et aux yeux gris se tint au-dessus d'elle, un sabre à la main.

Les gardes du corps de Possina surgirent. Le garçon inconnu les repoussa sans effort.

— Chad, murmura Vivia, je vais bien…

Viracochem sauta à son tour sur l'estrade. Il était outré. Comment un homme pouvait-il avoir l'audace de déranger la devineresse?

Ils se dressèrent l'un en face de l'autre dans le petit espace de consultation.

— Attends! fit Possina en posant une main sur le bras de son fiancé.

Vivia agit de même avec Chad.

— La foule gronde, Elma, lâcha Viracochem. La jeune femme soupira. Elle ne se sentait plus la force de continuer. En tout cas, pas tout de suite.

— L'étoile est si proche! insista Viracochem. Chaque minute compte. Nous devons appareiller ce soir. Demain, il sera peut-être trop tard!

Le visage de ce jeune homme dont elle était éperdument amoureuse était crispé. De grandes responsabilités pesaient sur ses épaules.

— Dis-leur que je dois me reposer. Je t'en prie!

Chad et Viracochem se dévisagèrent. Puis, le prince fit signe à deux de ses hommes d'approcher.

— Escortez la princesse à ses appartements dans la nef.

Il se tourna vers Chad et Vivia.

— Quant à vous…

Possina leva sa main.

— Ils viennent avec moi.

— Comment?

— Ils viennent, répéta-t-elle.

Dans la nef dorée

Penilène et Kimi se faufilèrent derrière Chad. Vivia se tint aux côtés de Possina qui était emportée par quatre hommes sur une litière garnie de coussins.

Ils entendirent Viracochem s'adresser à la foule. Malgré son porte-voix, l'homme avait du mal à se faire entendre. Non pas à cause des gens qui, d'ailleurs, s'étaient tus. Mais parce que d'énormes vagues déferlaient sur les quais. Le ciel était d'un noir d'encre. Le vent mugissait comme un monstre de légende.

L'Atlantide ne le savait pas encore, mais elle venait de vivre son dernier coucher de soleil…

✳

Même si elle était fermement arrimée par une centaine d'ancres et de cordages, même si elle était à l'abri derrière de hautes murailles de pierre, la nef dorée tremblait et ondulait sous la force des rafales.

De petits lamperons éclairaient la cabine.

Sheewa ne cessait de pousser ses petits cris exaspérants.

— Qu'elle se taise! s'emporta Penilène tandis qu'on leur servait une boisson chaude épicée et des petits sablés farineux en forme de croissant de lune.

— J'entends des voix, dit Vivia.

— Ce sont celles des gens qui sont montés à bord, répondit Possina.

Pour ceux qui ne comprenaient pas, elle expliqua :

— Plusieurs centaines de personnes ont accepté notre aide pour fuir Posséïdonis en cachette de l'empereur. Parmi ces gens, j'ai retenu les plus doués, les plus évolués. Des hommes, des femmes, des enfants. Ceux-là nous accompagneront dans les Terres de l'Ouest.

»À l'ouest, des peuplades vivent retirées du monde. Leurs montagnes sont hautes et puissantes. Mes visions m'ont assuré qu'elles résisteront aux cataclysmes. Nous n'y avons pas encore de colonies, mais des éclaireurs envoyés par Viracochem nous ont dit que ces peuples étaient prêts à nous accueillir. Nous leur enseignerons les arts, notre technologie, l'architecture, la science, l'agriculture.

Elle se tut, reprit son souffle.

Ce fut au tour de Vivia de poser sa main sur la sienne. Leurs yeux se croisèrent.

— Altesse, dit-elle, vous ressemblez à votre mère. Car vous êtes la princesse Elma-Freï, n'est-ce pas?

Possina battit des paupières.

— Serais-tu, toi aussi, une sorte de devineresse dans ton monde?

Vivia secoua la tête. Elle savait seulement qu'Emenfreya et elle avaient le même visage, la même façon de bouger et de sourire.

— Tu connais mes parents? s'enquit Possina.

— Chad et moi les avons rencontrés. Ils nous ont recueillis et aidés.

La jeune Atlante fit les 100 pas. De temps en temps, elle s'essuyait les yeux avec un mouchoir brodé.

— Ils n'ont jamais accepté que je fréquente Viracochem. Ils disaient qu'il n'était qu'un prisonnier de guerre. Royal, certes, mais un étranger étudiant qui n'avait au palais que le titre d'otage.

— Vous êtes tombés amoureux?

La devineresse éluda la question.

— Poséidon nous est apparu à tous deux en rêve. Il nous a confié la mission de rassembler des Élus pour nous aider à reconstruire le monde après les destructions que les dieux enverraient sur la Terre.

Par les hublots, Chad voyait en contrebas des grues en train de charger des caisses dans les soutes de la nef. Les vents étaient de plus en plus violents. Mais les réfugiés choisis pour cette mission de reconstruction ne manquaient pas de courage.

— Qu'arrivera-t-il aux autres? demanda Vivia.

Elma-Freï haussa les épaules.

— Nous leur laissons la seconde nef. Ils pourront embarquer et aller où ils voudront.

— Mais ils ne vous suivront pas dans les Terres de l'Ouest.

Possina le regrettait, mais elle n'avait pas le choix. Ces gens étaient encore obsédés par l'appât du gain, par le goût du pouvoir ou de la vengeance. Dans les Terres de l'Ouest, ils ne pourraient que vouloir s'imposer par la force sans se soucier du bien-être des populations locales.

Viracochem entra brusquement dans la cabine.

Les cheveux détrempés, le corps fouetté par les embruns, il semblait à la fois épuisé et effrayé.

Il marcha vers sa bien-aimée, la prit dans ses bras.

— Je sais, murmura-t-elle, il faut que j'y retourne.

— La foule devient incontrôlable. Parmi eux se trouvent des oiseaux de mauvais augure qui ne cessent d'annoncer la fin du monde pour cette nuit. Le pire, c'est que cette fois, ils ont peut-être raison.

Possina ramassa son long châle de soie blanche. Viracochem saisit son poignet.

— Tu ne comprends pas, dit-il. Il est déjà trop tard. Il faut appareiller maintenant.

— Et laisser tous ces gens qui, sans le savoir, sont des Élus !

— La mer grossit. Ce n'est pas une tempête ordinaire.

— Raison de plus pour tenter de les sauver.

Elle caressa la joue du prince.

— Tu as risqué ta vie pour me ramener le cristal de Nebalom. Grâce à lui, j'ai pu trouver aujourd'hui des dizaines d'Élus. Je vais y retourner une dernière fois. Ensuite, je te le promets, nous appareillerons.

Un silence de mort tomba sur la cabine.

Possina les salua et sortit. Elle paraissait lasse, mais décidée.

— Pardonne-moi, mon amour, dit-elle à Viracochem. Mais c'est mon devoir.

Vivia se plaça entre eux. Son visage était barbouillé de larmes.

— Princesse, avoua-t-elle, nous sommes venus ici pour récupérer le cristal de Nebalom.

Viracochem fronça les sourcils. Possina posa sa main sur l'épaule de l'adolescente.

— Je sais, répondit-elle. Ce soir, tout sera fini. Ensuite, je te le donnerai avec joie.

— Tu es folle! s'exclama Viracochem. Ce cristal a bien trop de valeur!

Chad se mit en garde devant lui.

— Tout doux, jeune fauve, rugit le prince. Tu es un brave, je le sais, mais l'heure est grave et…

Sa fiancée quitta la pièce.

Viracochem voulait mettre les étrangers aux arrêts. Mais ses hommes assuraient déjà la sécurité des grottes et supervisaient les derniers embarquements.

Hésitant, il choisit finalement de suivre Elma-Freï.

— Vous, restez ici! lâcha-t-il. C'est un ordre!

Vivia prit le bras de Chad.

— Nous nous sommes trompés, annonça-t-elle. Le cristal que nous cherchons n'était pas dans le coffret. Viracochem l'avait remis à son orfèvre qui l'a ensuite placé sur le diadème de Possina.

Penaud, Chad sortit de sa sacoche les trois éclats de cristal.

— Crois-moi! insista Vivia.

Penilène leur répéta que Paul attendait dans Urantiane et que Lord Vikram, qui avait déjà tenté de les assassiner, pouvait surgir à tout instant.

— S'il sait ce que tu viens de me dire, Vivia, dit Chad, alors la devineresse est en grand danger.

Il sortit à son tour et se heurta à un soldat placé devant la porte de la cabine. Il le mit hors de combat, et s'élança dans la coursive.

— Il faut les rattraper, décida-t-il en suivant Sheewa qui prenait de l'avance.

Penilène et Kimi décidèrent de les imiter.

Vivia haletait. Elle avait chaud, elle avait froid. Mais surtout, elle sentait qu'il allait se produire un drame...

Le fou

Paul comptait les heures. Seul à bord d'Urantiane, il s'était d'abord senti l'âme d'un chef. En effet, jamais auparavant, dans ce qu'il appelait sa vie de fils de riche, il ne s'était trouvé à la fois si loin de chez lui, aux commandes d'une nef d'origine extra-terrestre, et sur le point d'assister à une véritable fin du monde.

Mais depuis le départ de Kimi et de Penilène, son enthousiasme s'était émoussé. Dehors, une tempête épouvantable se préparait. La nuit n'en paraissait que plus menaçante.

À force d'y réfléchir, Paul pensait que d'avoir laissé partir ses deux compagnons était une erreur. Avaient-ils pu gagner les grottes sains et saufs? N'étaient-ils pas tombés dans un ravin?

Son égoïsme lui sauta aux yeux.

«Je voulais rester seul avec Urantiane…»

Pourtant, il n'avait pas perdu son temps. Après le départ de ses amis, il s'était assis devant chacune des consoles pour essayer d'en comprendre le fonctionnement.

Ce qu'il avait découvert était extraordinaire. Si son fauteuil était bel et bien celui du pilote, la console de Chad contenait des instruments servant à défendre la nef — bien que Paul n'ait encore découvert aucune arme à bord! Le siège de Penilène comprenait des équipements servant à identifier le terrain. Seul le fauteuil de Vivia était placé devant une console dont les fonctions demeuraient un mystère.

L'élémentum qui leur avait permis d'apprendre la langue atlante était toujours sorti. Ses quatre plaques luminescentes avaient intrigué le soldat blond. Elles scintillaient doucement comme si l'appareil avait encore des choses à révéler.

Par-delà le dôme, Paul surveillait du coin de l'œil les trois hommes de Lord Vikram. Après les avoir drogués grâce aux herbes de Kimi, ils avaient été attachés à de gros arbres.

Depuis, les militaires s'étaient réveillés.

Paul les avait vus se libérer de leurs liens. Les hommes s'étaient ensuite tenus debout devant Urantiane. Ils ne voyaient pas la nef, enveloppée par son champ d'énergie. Mais ils tendaient les mains et «sentaient» sa présence.

Paul savait que les soldats avaient peur. Il croyait entendre leurs appels à l'aide. Ils avaient des familles en Ancépalomie du Nord. Il y avait ce sergent blond sympathique qui éprouvait la même fascination que lui pour Urantiane.

Mais pouvait-il vraiment les faire monter à bord sans risquer sa propre vie?

Ce dilemme, ajouté à ce qu'il appelait son «égoïsme forcené», l'avait amené au bord des larmes.

Qu'aurait fait son père?

Soudain, sans qu'il ait eu besoin d'appuyer sur un bouton, une image tridimensionnelle fut envoyée sur le dôme.

La projection montrait le système solaire tel qu'il le connaissait et, en surimpression, les orbites de Mercure, de Vénus et de la Terre. Une ligne rouge traçait dans l'espace la course de l'étoile de Garabalh. L'adolescent calcula que si l'étoile continuait sur sa lancée, elle allait bientôt couper l'orbite de la Terre.

Il posa machinalement sa main sur la plaque de cristal affleurant la console placée devant le fauteuil de Penilène et se demanda, anxieux, quelle serait la trajectoire exacte du corps étranger.

Urantiane réagit à son ordre mental et projeta la course prévue en pointillé sur le dôme.

— Juste entre la Terre et la Lune…

Il resta quelques secondes hébété.

— Mais bon sang, qu'est-ce que cette étoile de Garabalh?

Urantiane lui donna la réponse.

— Une étoile ou, plutôt, un minuscule fragment d'étoile.

Devant ses yeux, Paul voyait un soleil exploser très loin dans le cosmos. De cette explosion naissaient des centaines de fragments qui filaient à toute vitesse dans l'espace.

— L'étoile que les prêtres atlantes nomment Garabalh… est l'un d'entre eux!

Même si Urantiane ne répondait pas vraiment, Paul avait la certitude de dialoguer avec elle. Sans déplacer sa paume de la plaque, il demanda :

— Mais alors, quelles seront les conséquences pour notre planète?

La luminosité ambiante du cockpit décrue jusqu'à s'éteindre presque complètement. Des images holographiques dansèrent autour de lui.

D'abord, il vit la planète vue de l'espace. Puis, le fragment d'étoile qui la frôlait au niveau du pôle Nord. Ce que Paul appela le «souffle» de ce frôlement déclenchait...

L'adolescent déglutit. Son pouls s'accéléra. Le plancher se dérobait-il sous ses pieds? Il lui semblait qu'un gouffre venait de s'ouvrir. Il entendit la planète gémir de douleur. D'immenses amoncellements de nuages gris et noirs semés d'éclairs enveloppèrent le globe. Et puis...

Des cataclysmes écologiques monstrueux mélangés à des pluies torrentielles, à des craquements épouvantables de la croûte terrestre et à un glissement brutal des continents.

Paul vit les calottes glaciaires se fracturer et fondre en quelques instants.

— La fin du monde..., murmura-t-il, le corps mouillé de sueurs.

Il lui semblait que c'était son monde à lui qui disparaissait. Il imagina les États-Unis se fracturer en plusieurs morceaux comme une gigantesque pizza, puis sombrer dans les deux océans.

Heureusement, sa main posée sur la plaque semblait l'empêcher d'être lui-même emporté. Urantiane le retenait. Peu à peu, il se calma. Ce monde qui mourait avait vécu 10 000 ans avant le sien. Cette civilisation qui disparaissait était non pas l'Amérique du Nord et l'Occident, mais l'Atlantide.

Il fit un effort pour chasser l'étoile de Garabalh de son esprit. Peu à peu, la projection holographique se dissipa.

Outre les battements saccadés de son cœur, il entendait les vents mugir, il voyait les éclairs fracasser les Terres rouges, et, lors des éclatements de tonnerre, il apercevait les amoncellements de nuages.

Il savait que loin dans la haute atmosphère approchait le fragment d'étoile. Comme sur la projection d'Urantiane, Garabalh allait frôler la Terre et causer, cette nuit, les pires destructions que l'humanité n'ait jamais vécues.

Il songea à ses amis et au cristal qu'ils étaient venus chercher.

Sans plus attendre — il était fort peu probable que Penilène revienne en compagnie de Chad et de Vivia —, il monta sur la mezzanine et s'installa derrière la console de pilotage.

Il inspira un bon coup et posa ses paumes sur les plaques installées sur les accoudoirs. Une ceinture jaillit du dossier et le cingla brusquement. Comme lors de leur voyage depuis Posséidonis, un casque à visière descendit sur sa tête.

Il jeta un dernier coup d'œil sur le dôme.

Qu'étaient devenus les soldats de Lord Vikram?

Il les imagina à l'abri sous des rochers ou bien accrochés à un arbre. Mais même si c'était cruel, il n'était plus temps de penser à eux.

— Décollons! ordonna-t-il.

Urantiane se cabra.

Paul ne savait pas comment il allait s'y prendre pour retrouver ses amis. Heureusement, il n'était pas seul.

— Urantiane, murmura-t-il comme s'il prononçait le nom d'une jeune fille tendrement aimée.

✳

Pendant ce temps, dans les grottes de Nivor, l'angoisse était à son comble.

Viracochem accompagnait sa fiancée dans les couloirs taillés dans le roc. Leurs pas résonnaient. Les chocs causés par les trombes d'eau qui s'écrasaient contre les falaises leur répondaient sourdement.

— C'est de la folie de retourner là-bas, répéta le prince. Tu es trop faible. Il est trop tard. Sois raisonnable. Tout est prêt. Les Élus que tu as déjà trouvés attendent dans la nef dorée.

Mais il le savait, Elma ou Possina, comme elle avait choisi de s'appeler après s'être échappée de chez ses parents, était du genre obstinée. Quand elle avait une idée dans la tête…

C'était d'ailleurs une des raisons pour lesquelles il l'aimait.

Mais ne pouvait-elle pas, pour une fois, lâcher prise et se ranger à son avis ?

Son instinct de guerrier lui soufflait que les trois étrangers les suivaient malgré le garde qu'il avait placé devant la cabine.

— Ce Chad est un er-raya, un lynx-guerrier, lui aussi.

En une fraction de seconde, il repensa à leur duel dans les jardins de Nebalom. Le garçon à la peau jaune l'avait blessé légèrement durant leur affrontement : chose qui ne s'était jamais produite auparavant, car Viracochem était un maître dans l'art de combattre à main nue.

Oui, ce jeune était très doué. Si les circonstances avaient été différentes, il l'aurait volontiers pris avec lui et amené dans les Terres de l'Ouest.

— Va devant, dit-il à sa fiancée. Je te rejoins.

Calculant que les étrangers passeraient devant lui dans moins d'une minute, il se cacha derrière une saillie rocheuse.

Chad n'était qu'à quelques pas seulement quand ils entendirent un cri rauque.

— Elma ! s'exclama Viracochem en jaillissant de sa cachette.

Il dégringola une volée de marches.

Chad, Vivia, Kimi et Penilène le découvrirent, tenant Elma-Freï dans ses bras. Haletante, la devineresse avait un poinçon en acier planté dans le cœur.

Chad repéra l'assassin qui s'enfuyait. Il bondit et l'assomma du tranchant de la main.

Vivia reconnut l'homme frustré qui s'était plaint d'avoir été rejeté, plus tôt dans la journée.

Le sang d'Elma-Freï faisait une tache rouge sur la tunique de Viracochem. Le prince avait le visage inondé de larmes.

— Ne meurt pas, Elma, je t'en prie ! Par l'Esprit de Poséidon qui t'habite, reste !

Possina murmura quelques mots à son oreille. Viracochem sembla ne pas être d'accord, alors elle les répéta.

— Promets-le-moi, souffla-t-elle.

Il inclina la tête.

Puis, il prit ses mains dans les siennes.

— Je te jure aussi de reconstruire notre civilisation dans les Terres de l'Ouest. Le monde se souviendra de notre peuple. Notre savoir servira encore, dans l'avenir, aux hommes de bonnes volontés.

Ils entendaient la plainte conjuguée des éléments et celle des réfugiés.

— C'est la panique, laissa tomber Penilène.

Viracochem souleva Elma dans ses bras. Il dit quelques mots à Kimi. L'orphelin ôta le diadème orné du cristal des cheveux de la prêtresse.

L'orphelin dévisagea le prince : celui-ci répondit qu'il pouvait le faire.

Kimi s'approcha alors de Vivia et lui remit le diadème.

— Il est à vous, déclara froidement Viracochem. C'est le souhait d'Elma.

Il fit volte-face et rebroussa chemin.

Kimi hésita. Devait-il demeurer avec Penilène et ses deux amis ? Ou bien suivre cet homme qui regagnait sa nef et avait promis de conduire son peuple d'Élus vers une vie nouvelle ?

Penilène comprenait parfaitement le dilemme du garçon.

— Je suis un Atlante, déclara Kimi, pour s'excuser.

Il tendit alors sa main.

— Venez avec nous !

— Je dois retrouver Paul, répondit la jeune noire. Dans la grotte, ce sera l'enfer, et…

Alors, Kimi leur souhaita bonne chance et disparut à la suite de Viracochem.

— Nous avons le cristal, dit Vivia pour encourager Penilène.

— La belle affaire! railla la New-Yorkaise. À quoi servira-t-il si nous mourons cette nuit?

— Gagnons le sommet de la falaise, suggéra Chad. Il ne faut jamais désespérer.

La vague

En moins d'une heure, le niveau de la mer avait monté d'une centaine de mètres. Les campements de fortune, la plate-forme où Possina avait donné ses séances de lecture des âmes, tout gisait maintenant sous les eaux. Quel événement inimaginable pouvait être la cause d'une telle catastrophe ?

Six escaliers creusés dans le roc menaient au sommet de la falaise. Ils étaient tous pris d'assaut par la foule terrifiée. Les gens avaient abandonné leurs paquetages et se poussaient sans vergogne.

Mêlés aux réfugiés, Chad, Vivia, Penilène et Sheewa se tenaient les uns aux autres pour ne pas être piétinés.

Des plafonds tombait en cascade une eau noire et glacée. Se pouvait-il que la mer ait déjà atteint le sommet des falaises ?

Enfin, ils parvinrent à l'air libre.

La première chose que vit Chad fut les éclairs aveuglants. Pendant les détonations, le ciel était presque aussi blanc que durant le jour. Mais cette lumière chargée d'électricité était mauvaise.

À trop fixer la foudre, bien des gens devenaient aveugles. Des hurlements de douleur se mêlaient à ceux de désespoir. Partout, des hommes et des femmes tombaient à genoux et imploraient Poséidon.

— Gardez les yeux fermés ! s'écria Chad.

— Dieu tout puissant ! s'horrifia Penilène en montrant les vagues échevelées qui s'abattaient sur le plateau dominant la falaise.

Cernée de tous côtés par les eaux, l'énorme masse granitique ressemblait à présent au dos d'un animal sur lequel se débattaient des centaines de puces affolées.

À chaque instant, des gens étaient fauchés par les vagues. Ils roulaient dans l'écume, étaient noyés par le reflux.

Chad saisit la main d'une femme qui tenait son enfant. Vivia et Penilène s'arc-boutèrent pour l'aider. Mais ils perdirent pied et furent emportés.

Chad se raccrocha in extremis à une saillie rocheuse. Il retint Vivia et Penilène, mais la femme et son enfant avaient disparu.

Certains réfugiés s'accrochaient à des lampe-rons rougeoyants censés contenir la puissance de Poséidon. Mais ceux-là coulaient comme les autres.

Dans le chaos et les attaques incessantes des vagues, les deux nefs tentaient de se maintenir en équilibre et accueillaient les rescapés par dizaines.

C'est dans leur direction que se hâtaient ceux qui avaient encore quelque force.

Chad avait noué son bandeau sur ses pau-pières pour protéger ses yeux. Alors que les filles se serraient contre lui et gardaient la tête baissée, il pouvait distinguer les nefs qui oscillaient dans les airs telles d'immenses baudruches. Elles semblaient à tout moment prêtes à appareiller.

Leurs soutes se refermaient.

Soudain, Chad reconnut le cri strident de Sheewa.

Depuis quelques minutes, il avait remarqué que le singe-araignée avait quitté son épaule. S'était-elle noyée ?

— Par ici ! s'écria Chad en se guidant au son.

À une vingtaine de mètres, un affleurement de roches constituait une sorte d'îlot dressé sur le plateau. Plusieurs personnes y avaient déjà pris pied et restaient, hagardes et épuisées, à contempler le désastre.

Chad tomba plusieurs fois. Mais remorquant toujours Vivia et Penilène, il parvint à rejoindre Sheewa sur l'entablement.

Haut d'une quinzaine de mètres, occupant une superficie d'environ 40 mètres carrés, ce contrefort constituait un ultime rempart contre les éléments déchaînés.

Emportées par les vents, les deux nefs se dirigeaient vers des directions opposées.

— Nous sommes perdus ! se lamenta Penilène.

Elle ajouta qu'elle les avait prévenus. Cette quête des cristaux de Shamballa était une énorme bêtise !

— Croire que ramener les cristaux à Shamballa pouvait sauver des milliards de personnes ! Ridicule ! On aurait mieux fait de rester en Arizona, et…

Battant des paupières entre deux éclairs, frappée de stupeur, elle se tut.

Un individu se tenait à une dizaine de mètres. Malgré les vents, les vagues qui léchaient les rochers et la pluie qui tombait à gros bouillon, ils reconnaissaient parfaitement Lord Vikram Estrayan.

— Cet homme est le diable en personne! gémit Penilène.

Leur adversaire tendit les bras au-dessus de sa tête. Un craquement sinistre fit écho aux derniers roulements de tonnerre. Un morceau de roche fracturé se détacha de l'entablement et s'éleva dans les airs. Estrayan était juché dessus!

— Votre quête s'arrête ici! clama-t-il.

Par la seule force de son pouvoir télékinésique, il arracha de grosses pierres des rochers voisins, puis les fit tournoyer sur elles-mêmes.

Il tendit sa main gauche.

— Donnez-moi le cristal de Nebalom!

Les survivants atlantes n'en croyaient pas leurs yeux. Ce magicien commandait aux minéraux! Certains le prenaient sans doute pour une incarnation de l'Un, car ils s'agenouillèrent devant lui. Mais Estrayan ne s'occupait que de Chad et des deux filles.

Le jeune asiatique sortit les trois éclats de cristal de sa pochette latérale.

— Tu le veux! s'exclama-t-il. Alors, attrape!

Il lança le premier d'entre eux.

Estrayan l'attira à distance: la pierre vint se loger dans sa main.

Les embruns fouettaient leurs visages. Nul n'aurait su dire s'il souriait ou pas.

Chad lança le second, puis le troisième.

— Attrape ceux-là aussi si tu peux!

Penilène était terrorisée. Ils n'allaient pas tarder à se noyer et Chad lançait des cailloux sur leur ennemi !

Elle reçut un choc sur la nuque et se demanda s'il était possible qu'une des pierres ait pu faire un cercle complet, comme les boomerangs.

— Oh ! fit Vivia en saisissant la corde qui semblait pendre des nuages.

Bravant la foudre, les filles levèrent la tête et ne virent rien d'autre que le plafond de nuages… et cette corde qui pendait !

Elles eurent la même idée.

Vivia se tourna vers Chad, ouvrit la bouche…

— Tu en voulais un, tu en as trois ! cria le garçon à Lord Vikram.

L'homme ne semblait pas goûter à la plaisanterie.

— Vous l'aurez voulu ! répliqua-t-il.

Une à une, il projeta les pierres tournoyantes sur les jeunes.

Chad les dévia aisément grâce à son arme vibratoire.

Le niveau de l'eau montait toujours. Des entrailles de l'entablement montait également un remous inquiétant. Estrayan utilisait-il son pouvoir pour briser le banc de rochers ?

Il allait parler de nouveau, quand il se raidit soudain.

— Chad ! hurla Vivia.

Le garçon se retourna et écarquilla les yeux. L'adolescente se trouvait à cinq mètres au-dessus de lui, agrippée à une corde qui tombait des nuages.

— Grimpe !

Vikram rassembla une dizaine de rochers autour de lui. Il s'apprêtait à les lancer …

Chad le prit dans sa mire et tira. Atteint à la poitrine par le flux vibratoire, Estrayan bascula dans les eaux. Le garçon rengaina son arme, s'aligna ensuite devant la corde et sauta dans le vide. Au-dessus de lui, Penilène avait disparu. Vivia tendait sa main.

— Monte !

L'instant d'après, Chad comprit pourquoi Estrayan s'était figé d'effroi.

Une vague monstrueuse couronnée d'écume fondait sur eux. Le tsunami allait tout balayer.

La tour de cristal

— Mon dieu, il est mort.

— Qu'est-ce que tu racontes !

— Regarde…

— Ce qu'il lui faut, décida Vivia, c'est de l'air.

— Je t'en prie, ironisa Penilène. Si tu veux lui faire le bouche-à-bouche, vas-y !

Pendant que les deux adolescentes se chamaillaient pour savoir si Chad était ou non encore vivant, Paul pilotait Urantiane au-dessus des flots déchaînés. Ses petites mains posées sur le front de son jeune maître, Sheewa gémissait.

Quelques instants plus tôt, ils avaient réussi à remonter Chad. Encore sous le choc du monstrueux tsunami qui avait balayé l'île-continent d'Ariès, ils avaient du mal à croire qu'ils assistaient à la fin de l'Atlantide.

Chad vomit de l'eau, puis il grelota — ce qui mit un terme à la dispute des filles.

— Je vais lui chercher des vêtements secs, dit Vivia.

Chad cligna des yeux. Sheewa lui sauta dans les bras. De la mezzanine, Paul lui adressa un signe amical.

— En tout cas, déclara Penilène, nous l'avons échappé belle et c'est tout ce qui compte.

Vivia revint avec l'armure de cuir et de métal, le poncho et le pantalon noir que Chad portait, en Ancépalomie, lors de leur première rencontre.

Les membres encore ankylosés, l'adolescent avait du mal à bouger.

— Attends, je vais le faire, fit Vivia en l'aidant à retirer sa tunique et sa lourde cartouchière.

Malgré le danger, Chad n'avait perdu ni ses flé-chettes, ni son sabre, ni son arme vibratoire — ce qui ne surprenait guère la jeune fille.

Penilène fit sa part et revint avec ce qu'elle appela un « thé ».

— Au fait, qu'est devenu Lord Estrayan?

— Regardez! s'exclama Paul.

Une projection holographique prenait vie sur le dôme de la nef.

— C'est l'île d'Ariès, expliqua le jeune blond. J'ai demandé à Urantiane de nous montrer ce qui se passait.

Ils volaient au milieu d'un ouragan gigantesque.

— Le champ de force qui entoure la nef nous protège, ajouta-t-il.

En frôlant la Terre, le fragment d'étoile causait d'épouvantables ravages.

Ils étaient loin de Posséïdonis, mais l'île d'Ariès comptait également de nombreuses cités.

— Nous en survolons une, dit Paul.

Il faisait trop sombre pour voir quoi que ce soit. Mais la projection, enregistrée quelques minutes plus tôt, leur montrait l'effondrement d'une de ces métropoles, détruite à la fois par des tremblements de terre et par le tsunami qui avait failli leur coûter la vie.

Vivia frottait le dos de Chad avec de l'huile aromatisée pour le réchauffer. Penilène lui tendit la tasse fumante.

— Nous devrions tous en boire une! proposa-t-elle.

Elle fouilla dans un placard situé sous la console cuisine, en tira trois autres tasses.

Lorsque la projection se dissipa en une pluie d'étoiles mauve, Vivia se tint devant l'élémentum.

— C'est drôle qu'il ne soit pas rentré dans le sol.

Elle déposa le diadème que lui avait donné Viracochem.

Au contact de l'objet, un son cristallin retentit et un silo fait de matière translucide s'éleva au centre de l'élémentum.

Vivia recula d'un pas.

— N'aie crainte, lui dit Paul. Urantiane réagit simplement au cristal.

Ce mot amena un sourire sur leurs visages. Car, finalement, ils l'avaient récupéré!

— Une chance que tu n'as pas perdu le diadème en grimpant le long de la corde! plaisanta Paul.

Vivia échangea un regard complice avec Chad.

Le silo, ou «tour de cristal» comme ils convinrent de l'appeler, comportait sept degrés. Il mesurait environ un mètre de haut pour 60 centimètres de circonférence.

— À mon avis, nous devons déposer le diadème à l'intérieur, fit Paul.

— D'accord, mais sur quelle étagère?

Vivia réfléchissait. En vérité, tout ce qu'elle avait à faire était de se laisser guider par son instinct. Elle avait la certitude, en effet, que chaque cristal avait sa place prédéterminée dans la tour.

Elle posa finalement le diadème sur le sixième degré. Aussitôt, une lueur bleutée illumina la tablette. Puis un panneau se densifia, enfermant ou cristalisant le diadème à l'intérieur de la tour.

— On dirait qu'il a trouvé sa place, déclara Penilène.

Ses jambes étaient molles, sa tête douloureuse. Épuisée, elle se laissa tomber sur son fauteuil.

— Et maintenant? s'enquit Vivia en bâillant.

— J'aimerais rentrer en Arizona et vous inviter chez moi. Rosa, la cuisinière, nous ferait ses sublimes fajitas, dit Paul en battant des paupières, car il avait du mal, tout à coup, à garder les yeux ouverts.

Penilène faisait la moue. Elle revoyait Kimi. Une tristesse infinie la submergea. Elle pensa à sa famille.

Une silhouette féminine apparut soudain sur le dôme.

— Une nouvelle projection? s'étonna Vivia.

— C'est la femme de la dernière fois, corrigea Penilène en soutenant sa tête avec les mains.

Dame Uriella souriait.

«Bien sûr, se dit la jeune noire, nous l'avons retrouvé, son foutu cristal!»

La Dame de Shamballa les félicita. Ils avaient vaincu les obstacles et brillamment accompli leur première mission.

— Hé! se rebella Penilène, vous n'imaginez pas que…

Mais les mots avaient du mal à se former dans sa tête.

— Je veux…, trouva-t-elle finalement la force de dire avant de se taire à nouveau.

— Tous les quatre, poursuivit Dame Uriella, vous formez l'union sacrée des quatre éléments. Le cristal dit «de Nebalom», volé autrefois dans une autre tour par un des anciens héros atlantes, est enfin revenu en notre possession. Entretemps, il a servi la cause de la Lumière pendant 2000 ans en Terre atlante. Il ne devait pas disparaître, ce soir, dans les flots.

Elle ajouta :

— Ce cristal-ci est celui de la divination, de double vue, du troisième œil. Vivia, tu lui as trouvé sa place exacte dans la tour miniature.

Paul s'attendait à ce que la Dame de Shamballa les amène dans la cité mystique. Là, ils rencontreraient les autres maîtres et prendraient un peu de repos.

Hélas, il sentait qu'ils n'auraient pas droit à ces honneurs ni même à quelques jours de vacances.

— Vous vous trompez, annonça Dame Uriella.

Elle leva une main bienveillante devant le visage de Penilène.

— Je sais combien Vivia voudrait retrouver la mémoire de son passé, je sais que les parents de Paul lui manquent, que Pénilène s'inquiète pour les membres de sa famille. Accepter la quête des sept cristaux a été un acte courageux. Aussi, Penilène, fais un vœu.

— Vous êtes sérieuse! s'exclama la New-Yorkaise, soudain plus éveillée.

Mais le thé que leur avait servi la jeune fille par mégarde était celui utilisé par Kimi pour droguer les soldats!

— Je vois trouble, balbutia Paul.

Urantiane lui retira aussitôt les commandes.

Dame Uriella souriait toujours.

Penilène s'évanouit, bientôt rejointe par Vivia et Paul.

Dame Uriella hocha la tête. Dormir leur ferait le plus grand bien. Ainsi, ils éviteraient les maux de cœur et les étourdissements causés par le déplacement d'Urantiane dans le temps et dans les couches vibratoires des chairs subtiles de la planète.

Seul Chad résistait encore au sommeil.

— Tu as bien agi, lui dit la Dame de Shamballa. Continue à bien veiller sur eux.

La projection holographique s'étiola et disparut. L'éclairage fut tamisé dans le cockpit. La tour de cristal se rétracta dans l'élémentum, le champignon géant lui-même réintégra sa cavité dans le plancher.

Puis, tandis que les continents basculaient, que se déchaînaient les éléments et que la Terre vivait sa plus longue nuit en plus de 12 000 ans, Urantiane disparut dans une étincelante gerbe de lumière.

✻

Durant son sommeil, Vivia fit un cauchemar épouvantable.

Elle rêvait qu'elle tombait du haut d'un précipice non pas dans des flots, mais dans les pinces d'un crabe géant.

Elle hurla.

Sans savoir pourquoi, les paroles de Possina lui revinrent à la mémoire.

« Il y a un crabe dans ton corps, dans ton sang. Tu es malade. »

Vivia tombait. Le crabe allait la happer dans ses pinces.

Quand, soudain, une main attrapa son bras.

— Accroche-toi ! lui cria Chad.

Elle plongea son regard dans celui de l'adolescent.

— Je ne te lâcherai pas, dit-il en souriant malgré l'effort.

Vivia eut à cet instant la certitude que tant qu'elle resterait auprès de Chad et ses deux autres amis, elle ne mourrait pas…

✳

Au même moment, debout sur un rocher qu'il maintenait à fleur d'eau grâce à son pouvoir sur les minéraux, Lord Vikram contemplait l'immensité grise hérissée d'écume. Au loin, quelques terres craquelées émergeaient encore. Mais pour combien de temps ?

D'impressionnantes colonnes de flammes et de cendres, projetées dans le ciel par la bouche des volcans, se mélangeaient aux pluies torrentielles et visqueuses.

Vikram Estrayan reconnaissait avoir perdu une bataille.

Mais sûrement pas la guerre.

Il lui faudrait retourner en Ancépalomie moderne. Sans se présenter devant le roi, il engagerait de nouveaux mercenaires. Il repartirait ensuite dans le temps et les dimensions pour retrouver les quatre jeunes.

Il sortit d'une de ses poches un œuf de foudre liquide. Issu d'une civilisation atlante précédente bien plus évoluée que celle qui s'abîmait ce soir dans les flots, cet objet lui permettrait de survivre.

Malgré la pluie qui battait son visage, il souriait.

Cette longue quête ne faisait que commencer. Et il savait d'avance qu'à l'exemple de sa lignée d'ancêtres magiciens, il allait vivre d'incroyables aventures.

Confiant, il activa l'œuf et fut, lui aussi, effacé de cette triste réalité.

L'étonnant retour

Penilène marchait dans un couloir sinistre plongé dans la pénombre. Sur sa gauche s'alignaient des boîtes aux lettres en fer-blanc. Machinalement, comme elle le faisait jadis en rentrant de l'école, elle posa le doigt sur le numéro 6B. Des pas résonnaient dans la cage d'escalier.

— Où sommes-nous ? demanda Paul. Je croyais m'être endormi, et puis…

Un rai de lumière passait sous une porte. Au-delà retentissait un bourdonnement irrégulier ponctué de martèlements plus aigus.

Trois adolescents jaillirent de l'angle du corridor. Deux d'entre eux portaient des jeans trop larges qui pendaient sur leurs genoux, des chandails informes, une casquette retournée sur des crânes rasés luisants de sueur, et des anneaux dans le nez. Ils plaquèrent le troisième larron, un garçon plus jeune, contre le mur et le fouillèrent.

— Ton argent, petit morveux ! siffla un des deux grands.

Penilène poussa un cri étranglé. Chad sortit deux fléchettes de sa cartouchière et visa la nuque des agresseurs. Les traits fusèrent dans la pénombre, mais aucun n'atteignit sa cible.

— Tu baisses, plaisanta Paul.

Le jeune asiatique s'élança, une main ouverte, doigts serrés l'un contre l'autre et toucha un des adolescents dans les reins. C'était la technique dite du serpent à la langue de feu. Elle était censée paralyser l'adversaire, mais ne fit, là encore, aucun effet au voyou.

Penilène haletait. Il se passait quelque chose d'à la fois terrible et merveilleux.

Des bruits de baskets retentirent sur des marches en métal. Deux autres jeunes surgirent et repoussèrent les agresseurs.

— Lâche mon frère ou j'te défonce! aboya l'un d'eux.

Pris sur le fait, les voyous s'enfuirent vers la porte de l'immeuble. Chad les évita. Mais Penilène et Paul lâchèrent un grognement de surprise quand les garçons leur passèrent… au travers du corps!

— Ça va, Arthur? demanda le plus grand des nouveaux venus.

Le gamin était de race noire, comme ceux qui étaient venus à son aide. Il semblait hébété.

Le plus vieux des trois garçons tendit son bras en direction de la porte qui s'était ouverte, puis refermée, et menaça :

— Si on les repince, on leur fait la peau!

Ils accompagnèrent leur cadet jusqu'à la porte, ignorant Vivia qui se tenait immobile dans le chambranle. Le bruit des marteaux-piqueurs se tut quelques instants. Des odeurs de gaz d'échappement, de frites bon marché, de saucisses à hot dog et de poubelles planaient dans l'air.

— Je ne comprends pas, bredouilla Paul. C'est quoi, ici ?

Penilène restait les bras ballants, la bouche entrouverte, les yeux écarquillés.

— Nous sommes dans une grande ville, je crois, dit Vivia en cherchant la présence rassurante de Chad.

— Si on m'expliquait, insista Paul. Ces gars-là ne nous ont pas vus, pourtant on était là !

— Bienvenue chez moi, laissa tomber Penilène d'une voix blanche.

— Chez toi ? s'étrangla le jeune blond.

Chad appela : «Sheewa !» à plusieurs reprises. Mais il semblait que la femelle singe-araignée était absente.

— Bien sûr ! «Fais un vœu !», t'a demandé Dame Uriella, reprit Vivia en souriant à Penilène.

La jeune noire hocha lentement la tête. Elle se retrouvait à New York, chez elle, dans le Queens, et ces trois garçons qui venaient de sortir étaient ses frères.

— Arthur est mon plus jeune frère, balbutia-t-elle, encore incrédule. Et vous avez vu Josh et Nathan.

— Tes frères ? Ça, c'est dingue ! lâcha Paul.

Penilène fixait la cage d'escalier.

— Ça n'explique pas pourquoi eux ne nous ont pas vus.

Paul posa sa main sur le mur de vieux crépi, le trouva tiède et doux comme de la mousse. À son grand étonnement, son bras passa au travers !

— Est-ce qu'on est… morts ?

— Non, les rassura Vivia. Regardez cette poudre mauve étoilée…

— On dirait un champ de force, approuva Paul. Nous évoluons à l'intérieur.

Il rejoignit Penilène :

— La Dame de Shamballa t'a joué un drôle de tour, Penny ! Elle t'a exaucée, mais avec ses propres conditions.

La jeune noire ne releva pas son sarcasme.

— Hé ! Mais où vas-tu ?

Penilène monta au troisième étage, longea un couloir encore plus crasseux. Des éclats de voix filtraient sous les portes voisines. Des gens se disputaient, d'autres laissaient jouer leur stéréo à tue-tête.

Elle posa sa main sur la porte, poussa…

Ses trois amis la suivirent à l'intérieur de l'appartement 6B : un 5½ aux pièces sombres et étriquées.

Du linge mouillé était étendu sur le dos des chaises, sur les meubles et même devant l'écran de la télévision. Une vieille machine à laver poussait des ahanements épouvantables et faisait trembler les murs de la salle de bain. Le papier peint, moisi par endroits, ne payait pas de mine.

Penilène marcha dans le couloir, entra dans une des chambres. Une foule de souvenirs lui éclatèrent au visage. Un poster, une couverture élimée en laine, l'odeur un peu fade de vêtements usagés mélangée à celle des crayons de couleur, des vieux cartons, des chaussures trouées.

C'était l'hiver. Par la fenêtre aux carreaux brisés entrait l'air glacial et humide de New York.

Vivia passa son bras autour de ses épaules.

— C'était la chambre que je partageais avec mes deux sœurs, marmonna Penilène.

La voix de Paul s'éleva de la cuisine.

— Je ne sais pas qui fait la vaisselle, chez toi, mais il a du retard !

Penilène se sentait mise à nue. Comme elle regrettait d'avoir émis le souhait de revoir sa famille !

Vivia devina sa pensée et la consola :

— Il ne faut pas être triste, Penny. La pauvreté n'est pas une honte. Et il est normal que tu t'inquiètes pour les tiens.

— Hé ! ajouta Paul, il y a quelqu'un qui dort dans le salon...

Penilène et Vivia le rejoignirent.

— Maman ! murmura Penny en s'agenouillant devant le fauteuil à bascule sur lequel, à tour de rôle, les six enfants avaient été allaités par leur mère.

La dame ronflait doucement. Ses tempes grisonnaient, le dessous de ses yeux était gonflé. L'épais maquillage ne suffisait plus à masquer la fatigue de ses joues et de son menton. Par habitude, Penilène chercha à proximité — sur la table basse ou sur le buffet — un verre ou une bouteille d'alcool. N'en trouvant pas, elle soupira de soulagement.

Chad s'était planté devant la porte-fenêtre donnant sur le balcon rouillé, les toits de béton ou de ferraille, et, plus loin, entre les immeubles défigurés par des graffitis, un coin de ciel bleu. Il déclara avoir inspecté les lieux : à part la dame, ils étaient seuls.

Il s'inquiétait aussi au sujet de Sheewa.

Penilène respirait fort par la bouche. Vivia l'aida à se relever.

— Ne pleure pas, dit-elle. Tu ne peux rien faire d'autre qu'être présente, et…

Paul récoltait des étoiles dans la paume de sa main.

— Je me demande, fit-il, si ce champ de force nous sépare réellement du monde normal. Après tout, il est techniquement possible que…

— Tu as raison, termina Vivia. Penny, tu peux peut-être faire quelque chose pour ta mère…

Elle lui chuchota son idée à l'oreille.

Penilène secoua la tête. Comment croire que cela pourrait fonctionner ? Et puis, ce retour était trop brutal, trop dur pour être vraiment agréable. Comme quoi réaliser un vœu n'était pas toujours une expérience à tenter dans la réalité.

Sa mère bougea dans son sommeil.

— Tu ne perds rien à essayer ! insista Vivia.

— Maman, balbutia alors Penilène, je suis là.

Elle se demanda un instant comment elle réagirait si jamais le voile mauve s'écartait, et que sa mère pouvait la voir.

— Maman, entends ma voix. Je ne peux pas te toucher, mais je suis là. Tu me crois morte, peut-être, ou bien au bout du monde, dans l'incapacité de revenir…

Ce qui était somme toute la vérité.

— Explique-lui quelle est notre mission, dit Paul, pragmatique.

Penilène haussa les épaules. Sa mère ne comprendrait pas. Qui, d'ailleurs, le pourrait ?

Elle tenta de parler encore à la femme endormie, mais sans succès.

Alors, Chad s'avança et lui tendit un bloc de papier et un stylo.

— Comment as-tu pu? s'étonna la jeune noire.

— Je me suis concentré. Je faisais souvent ça, dans le temple où j'ai grandi. J'ai demandé, et le voile de brume s'est écarté pendant un bref instant.

— Écris! Écris-lui un mot! s'enthousiasma Vivia.

Penilène saisit sa chance.

— À mon avis, tu devrais te dépêcher, lui conseilla Paul.

Autour d'eux, le voile de brume s'effilochait, rétrécissait. Ils étaient déjà dos à dos, et une partie de la jambe droite du blond avait disparu.

— Je ne la sens plus. Alors, je t'en prie…

Penilène écrivit les phrases qu'elle avait depuis si longtemps sur le cœur. Cela commençait par «Ma chère maman, je ne suis pas morte, je vais bien et j'espère que vous aussi…»

Elle se rappela le numéro de téléphone d'un homme qu'elle avait un jour rencontré dans la pâtisserie où elle travaillait à mi-temps : un travailleur social au service de la ville qui aidait les ménages en difficulté.

Elle nota ses coordonnées. «Maman, je t'en prie, appelle-le. Il pourrait vous aider. Moi, je vais bien. Avec des amis, nous…»

Paul cria.

L'instant d'après, il avait disparu.

Chad aussi n'était plus présent qu'à moitié. Et Vivia voyait avec horreur ses jambes disparaître dans le néant.

«Avec des amis, nous voyageons et œuvrons pour...»

Juste avant d'être happée à son tour, Penilène laissa tomber le stylo et le bloc note sur le plancher.

Elle vit sa mère ouvrir les yeux, battre des paupières, ouvrir la bouche...

Penilène hurla. Sa mère s'exclama :

— Penny?

La jeune noire se retrouva à bord d'Urantiane en compagnie de ses trois amis. Un restant de brume mauve étoilée voletait sous le dôme.

Étourdie, elle s'assit sur son siège.

Vivia la rassura :

— Je suis sûre que ta mère a trouvé ton message, dit-elle.

La nef tressaillit. Contacté par l'âme d'Urantiane, Paul se raidit.

— Il nous faut regagner nos sièges, commanda-t-il. Nous allons franchir le portail de l'espace-temps.

La transition était trop brutale pour qu'ils puissent penser à ce qu'ils venaient de vivre. Réalité? Fiction?

En tout les cas, Dame Uriella avait tenu parole.

Sheewa sauta sur l'épaule de Chad. Une lumière blanche insoutenable envahit le cockpit.

— Cramponnez-vous! s'écria Paul.

Les chasseurs de lycans

Monde du Soleil de cendre, an 914 après Khephré de Nomah.

Les traces étaient encore fraîches. Satisfaits, les hommes s'enfoncèrent dans le bois.

La forêt du pays de Musqueroi était réputée pour abriter des créatures fantastiques. Moitié loup, moitié homme ou femme, ces bêtes hantaient les villages de la seigneurie, volaient des agneaux et des bœufs les nuits de pleine lune, et tuaient poules et marcassins le reste de l'année. Nul n'avait encore jamais réussi à attraper ces tueurs de cauchemars. Mais plusieurs fois par hiver, lorsque les forêts ne nourrissaient plus ni les grands herbivores ni ces lycans, les mairoits de chaque village organisaient des battues.

Les hommes partaient par groupes de 12 dès le coucher du soleil. Vêtus de cuirasses, de heaumes de guerre loués à grand prix et armés de frondes lestées de plomb, ils suivaient le pisteur.

Ce jour-là, ils s'étaient séparés en plusieurs équipes de quatre hommes. Un de ces groupes s'apprêtait à entrer dans une futaie. Imprimée dans la terre encore humide de neige, la piste des lycans était facile à suivre — trop, murmuraient certains.

Depuis quelques minutes, cependant, le pisteur avait relevé des traces de pas différents. Ce n'étaient ni des galoches en bois, ni des chausses ferrées de soldat, ni des pattes à cinq orteils velues.

Ne voulant pas risquer de perdre la confiance des hommes, il grommela dans sa barbe et décida de poursuivre.

Les chasseurs murmuraient entre eux et jetaient des regards effarouchés en direction des branches dénudées, car on disait que les lycans grimpaient volontiers dans les arbres pour surprendre leurs proies.

Ils entendirent remuer dans les buissons d'épineux.

Lentement, ils se passèrent les torches. Le jour allait bientôt se lever. À l'est, derrière les collines, le ciel rosissait.

Soudain, un gaillard leva son glaive et le planta à l'aveuglette dans le fourré.

Un cri retentit.

Un lycan avait-il été blessé à mort?

Aussi effrayés que les créatures qu'ils venaient de débusquer, les chasseurs reculèrent. Tremblants de tous leurs membres, deux adolescents sortirent du buisson en gardant les bras au-dessus de leurs têtes.

En voyant qu'un des deux jeunes était une fille à la peau noire, les hommes se signèrent. L'autre — un garçon blond d'une quinzaine d'années — faisait mine de s'expliquer. Le seul problème, c'est qu'il parlait une langue inconnue !

Les chasseurs consultèrent le pisteur. Manifestement, ces deux étrangers ne mesuraient pas deux mètres de haut, leurs corps n'étaient pas semés d'une épaisse toison brune, et leurs visages n'étaient pas pourvus de museaux pointus garnis de dents.

Que devaient-ils en faire ?

Celui qui semblait le plus âgé tendit son filet. Si étrangers il y avait dans la forêt, cette affaire était du ressort du Seigneur.

Les paysans s'apprêtaient à fondre sur Paul et Penilène quand deux d'entre eux s'écroulèrent dans la neige. Le plus âgé lâcha un cri d'épouvante, car une bête poilue lui sautait au visage.

Atteint par une arme invisible, il tomba face contre terre. La « créature » bondit du sol et se réfugia dans un arbre.

Restait le pisteur.

Un troisième garçon sortit du couvert d'un gros chêne. Un sabre à la main, il avança sans peur.

Prenant ses jambes à son coup, le pisteur abandonna le champ de bataille en hurlant que les Sargasses, leurs ennemis des montagnes du sud, envahissaient le duché.

Chad s'approcha de ses deux amis.

— Mais enfin, qu'est-ce que vous faites ? les sermonna-t-il. N'êtes-vous pas censés chercher vos éléments !

Ils étaient arrivés peu de temps auparavant et prenaient ce que Paul appelait « des repères ».

Vivia s'était sentie mal après leur étrange retour à New York. Aussi avait-elle décidé de se reposer à bord d'Urantiane.

Dès que la nef s'était posée, l'élémentum était réapparu. Connecté à l'âme d'Urantiane, Paul leur avait dit que c'était normal. Qu'il apparaîtrait ainsi au début de chacune de leur mission, et qu'ils devaient le « nourrir ».

Aussi, les trois amis étaient-ils sortis pour chercher, dans la forêt, les éléments dont avait besoin la machine pour les renseigner sur ce pays d'aspect moyenâgeux dans lequel ils étaient arrivés sans tambour ni trompette.

Vêtus de leurs habits atlantes — sauf Chad qui portait son long poncho de laine, ses gantelets, son bandeau au front et ses mocassins —, ils avaient froid et se sentaient mal à l'aise.

— Alors ? insista le jeune asiatique en récupérant ses trois fléchettes aux pointes enduites d'un puissant narcotique à base végétale.

Toute fière d'avoir aidé son maître, Sheewa sauta sur son épaule.

Penilène exhiba, penaude, un sac de cuir contenant de la terre. Pour sa part, Chad avait déjà recueilli de l'eau à une source. Il sortit de son poncho trois branches mortes et de la paille mouillée dont il essaierait de faire un feu.

— J'étais en train de capturer un peu d'air, dit Paul en secouant sa jarre en métal, quand nous avons entendu ces hommes approcher.

Chad se tint au-dessus des paysans. Barbus, les cheveux huileux, la peau striée de fines cicatrices,

ces hommes étaient des serfs. Autrement dit, des cultivateurs attachés à la terre de leur seigneur.

— Cette fois, ajouta Paul, nous sommes arrivés dans une époque médiévale. Je dirais, avant l'an 1000. Et si l'on considère la couleur du ciel et celle du soleil, on ne se trouve pas dans notre univers, mais dans...

Des pas firent craquer la neige.

— D'autres paysans ? s'effraya Penilène.

Chad les poussa dans le fourré. Dans peu de temps, ceux qu'il avait terrassés allaient se réveiller. Et alors...

— Retournons à la nef ! décida-t-il.

— Mais, l'élément air ? se plaignit Paul.

— Il y en a autour de nous. Il y en a donc dans ta jarre, rétorqua Penilène en le tirant pas le bras.

Elle était impatiente de se retrouver au chaud et en sécurité dans la nef.

Ils regagnèrent la clairière où ils l'avaient laissée.

Bien entendu, le champ de force protecteur recouvrait Urantiane de son habituel manteau d'invisibilité.

Chad appuya sur le motif de son pendentif. Aussitôt, le soleil à douze rayons se mit à luire et la rampe d'accès au puits central apparut dans un nuage de fumée incandescente.

— Vivia ! appela Penilène.

L'adolescente, qui sommeillait, les avait salués à leur départ, assise dans son fauteuil. Mais celui-ci étant vide, la jeune fille noire dit aux garçons que Vivia était probablement aller se recoucher.

Chad et Paul se placèrent devant le champignon avec les extraits d'éléments qu'ils avaient été cherchés.

Le jeune blond posa sa jarre d'air sur la plaque correspondant à cet élément. Chad agit de même pour l'eau, la terre et le bois auquel il mit le feu.

Ils avaient hâte d'apprendre la langue que parlaient les indigènes !

Paul s'impatienta :

— Mais que font les filles ?

Penilène gravit les marches qui menait au cockpit.

— Vivia n'est ni dans sa couchette ni dans notre salle de bain, déclara-t-elle, essoufflée.

Sheewa saisit la main de son jeune maître. Ses cris et grondements n'ayant de sens que pour Chad, les deux autres restaient perplexes.

— Que te dit-elle ? demanda Paul.

Chad dégaina son arme vibratoire et son sabre, et se rua dans le puits central. Il sortit ensuite de la nef, inspecta la clairière…

Paul et Penilène le trouvèrent agenouillé, le visage au ras du sol.

— Des traces de pas, fit Chad. Vivia a dû sortir.

— Mais pour quelle raison ? se récria Paul.

Des grognements inquiétants résonnaient dans la forêt.

— Rentrons dans la nef, décida Chad. Apprenons la langue de ce pays. Il faut absolument la retrouver…

Index des personnages

Bédial : Dieu de la division sublimant l'orgueil de l'homme. La croyance en Bédial prêche la recherche de tous les plaisirs par tous les moyens, et place l'intérêt de l'individu au-dessus de l'intérêt de la collectivité.

Chad : Quatorze ans. Élevé dans un temple du Toit du monde du Soleil de cendre. Il a été préparé, très jeune, à la quête des sept cristaux. Spécialiste en arts martiaux, peu bavard, il est chargé de la sécurité du groupe.

Chiman : Cyclope de la race des Nédjabs, serviteur des Atlanes. Les cyclopes servent aux basses besognes, au nettoyage des fosses d'aisances, à la surveillance nocturne des bassins impériaux.

Emen-Freï : Prince et cousin de l'empereur Hémarius-Og.

Emenfreya : Noble et clairvoyante, femme du prince Emen-Freï.

Golub : Chien féroce de Chiman, son compagnon durant ses rondes nocturnes.

Hémarius-Og : Empereur atlante de la glorieuse lignée des Og, fondateur de la dernière civilisation atlante.

Khephré de Nomah : Prophète médiéval du monde du Soleil de cendre.

Kimi : Jeune orphelin de sept ans, Atlante des bas quartiers de Posséïdonis qui aide nos amis à s'adapter à leur vie en Atlantide.

L'Un : Dieu de l'unité, du pardon et de l'amour dont la doctrine a été apportée en Atlantide par le prophète Nebalom.

Nebalom : Prophète de la dernière civilisation atlante, venu à Posséïdonis pour livrer au peuple le manuscrit sacré de l'Un ainsi que son cristal, une pierre fabuleuse chargée d'énergie censée préserver la paix sur l'ensemble des territoires atlantes.

Néfaroum : Faux devin, personnage inventé et joué par Vikram Estrayan, créé grâce aux pouvoirs du masque de Tzardès afin de tromper Paul et Penilène.

Paul Winthrop : Quinze ans, natif de l'Arizona. Il est mentalement et spirituellement connecté à Urantiane. Pilote hors pair et scientifique à ses heures, il est passionné par les énigmes et la recherche de chacun des cristaux de pouvoir.

Penilène : Quinze ans. Née dans les Caraïbes. Immigrante, Penny vit à New York avec sa famille quand elle est enlevée par Lord Vikram. Analytique, foncièrement intellectuelle, doutant de l'existence des forces paranormales, elle veille sur le groupe comme, autrefois, sur ses frères et sœurs plus jeunes qu'elle.

Possina : Prêtresse de Poséidon chargée par le dieu des mers de trouver, parmi le peuple, les Élus capables de reconstruire une Atlantide saine, généreuse et lumineuse après le temps des grandes catastrophes. Aussi connue sous le nom de Elma-Freï, fille disparue du prince Emen-Freï.

Sheewa : Singe-araignée femelle accompagnant nos amis. Très sensible, elle sent tout danger avant qu'il ne se manifeste.

Uriella : Dame de Shamballa. Elle indique à nos héros le monde et la période temporelle où ils trouveront le prochain cristal.

Vikram Estrayan : Homme multidimensionnel, Vikram descend d'une noble lignée de héros remontant jusqu'à l'Atlantide. Vassal du roi Yegor, il pourchasse nos amis pour leur dérober les cristaux de pouvoir.

Viracochem : Prince étranger otage de l'État atlante, amoureux d'Elma-Freï.

Vivia : Treize ans. De santé fragile, elle est venue toute jeune du monde du Soleil de cristal et a été élevée par une femme qui prétendait être sa mère. Vivia a perdu tout souvenir de son enfance. Pour elle, la vie a commencé dans les bras de Chad, pendant leur fuite de la cité de Baârka. Intuitive, toujours positive et de bonne humeur, elle sert de canal psychique à la Dame de Shamballa.

Yegor Thourom : Monarque tout puissant d'Ancépalomie.

Glossaire

Ankhinor : Temple où Chad a été élevé et initié.

Ariès : Nom de la troisième grande île-continentale atlante, située dans notre actuel golfe du Mexique.

Arme vibratoire : Revolver mut par l'énergie du vrill, cette arme est celle de Chad qui l'a reçue un peu par hasard, dans le feu de l'action, lors de son premier voyage dans la quête des sept cristaux.

Asiens : Race atlante à la peau jaune.

Asies : Dieu déchu à la peau jaune, dans la mythologie atlante.

Atlane : Caste de l'aristocratie atlante.

Atlantide : Civilisation légendaire ayant autrefois rayonné dans le monde. Les chercheurs modernes la placent un peu partout ; spécialement sur une île de la méditerranée et au centre de l'océan Atlantique.

Casague : Chaussure faite en feuilles de bambou très confortable.

Colonnes d'Herculanes : Nom de l'actuel détroit de Gibraltar.

Herculanes : Nom antique donné plus tard par les Grecs à Hercule.

Cristal de Nebalom : Nom donné, en Atlantide, au premier des sept cristaux égarés. Cristal de divination des âmes, il correspond au sixième chakra et au troisième œil. Amené par le prophète Nebalom au début de la chronologie du dernier empire atlante, il a activé la colonne de lumière dans les jardins de Posséïdonis pendant près de 2000 ans.

Élémentum : Situé à bord d'Urantiane, cet appareil des quatre éléments permet à nos amis d'apprendre la langue, ainsi que les us et coutumes des pays et époques dans lesquels ils sont amenés à rechercher chacun des sept cristaux de pouvoir.

Er-raya : Guerrier atlante initié aux arts secrets du combat.

Garabalh : Nom donné à l'étoile funeste qui brille dans le ciel nuit et jour et qui menace la Terre. Les prêtres de l'Un et de Bédial pensent que cette étoile est envoyée par les divinités du ciel pour punir les Atlantes d'avoir été trop orgueilleux et vaniteux.

Golfe d'Abonis : Nom de l'actuel golfe du Mexique.

Goptes : Race atlante à la peau sombre.

Jardins de Nebalom : Sanctuaire érigé en l'honneur du prophète du même nom au centre duquel s'élève, le jour, la célèbre colonne de lumière, symbole de paix et de prospérité pour l'empire atlante.

Jiid : Flûte en roseau à six trous, instrument de travail des Nédjabs pour communiquer avec leurs chiens de garde.

Les trois mondes : Ou plans dimensionnels. Monde du Soleil de cendre (celui de Chad) : ou monde primal. Monde du Soleil doré (le nôtre) : ou monde médian. Monde du Soleil de cristal (celui de Vivia) : ou monde supérieur.

Lycans : Créatures mi-homme, mi-loup vivant à l'époque médiévale dans le monde du Soleil de cendre.

Maître-abbé : Titre des maîtres d'armes et de philosophie au temple d'Ankhinor.

Masque de Tzardès : Reliquaire appartenant autrefois au légendaire héros Tzardès qui pouvait changer de visage grâce à ce masque rituel aux pouvoirs magiques. Depuis, c'est Vikram Estrayan qui s'en sert pour s'emparer des cristaux au nez et à la barbe de nos héros.

Musqueroi : Duché indépendant gouverné par le duc Ivor IV de Musqueroi.

Nédjabs : Race de cyclopes utilisés pour les basses besognes.

Nivor : Grottes de Nivor, où se réunissent en secret ceux qui ont fui les différentes cités atlantes.

Œuf ouvre-monde : Réceptacle de foudre liquide ayant le pouvoir de créer des couloirs spatio-temporels permettant, d'ordinaire, de voyager d'un point vers un autre dans un même univers.

Ogme : Nom de la deuxième grande île-continentale atlante, située devant la côte est des États-Unis actuels.

Ompholus-drasius : Nom savant désignant, en Atlantide, de dangereux poissons carnivores géants qui hantent les bassins impériaux.

Onacre : Ver élevé à Posséïdonis qui donne une soie douce et précieuse.

Porte dimensionnelle : Arche ou portique de pierre, naturel ou non, servant, lorsqu'il est activé ou en des périodes de temps prédéterminées, à passer d'un monde à un autre.

Posséïdonésiens : Race atlante à la peau claire issue spécifiquement de la capitale.

Posséïdonis : Capitale de la dernière civilisation atlante.

Possidia : Nom de l'île-continentale principale atlante, située au centre de notre actuel océan Atlantique, et dont certaines pointes se rapprochent des anciennes colonnes d'Hercule.

Prêtre mental : Religieux ayant développé la capacité de déplacer des objets par la seule force de leur pensée. Utilisés pour construire les bâtiments religieux et civils.

Prêtre-médium : Religieux possédant le don de divination.

Sargasses : Peuple belliqueux vivant au sud du duché du Musqueroi.

Shamballa : Enclave énergétique vibrant dans le tissage de la Terre à la frontière du monde du Soleil de cristal. Cité-état peuplée de maîtres ascensionnés, Shamballa œuvre, au long des millénaires et des différents cycles d'évolution, au maintien de la cohésion des mondes et à la spiritualisation des êtres incarnés. Gardienne et garante de la progression des âmes, responsable de la «luminisation» des consciences, Shamballa veille aussi sur le processus sacré et naturel dit du «Grand Passage des âmes» d'un plan de conscience vers un autre, lors du divin nettoyage galactique.

Taglière : Manteau fait de tissu fin, l'été, ou de velours, l'hiver, aux manches bouffantes.

Terres rouges : Situées sur l'île-continent d'Ariès, les Terres rouges sont constituées de massifs de falaises granitiques dont le grain tire sur l'écarlate.

Urantiane : Nef spatiale et maison volante permettant à nos héros de voyager dans le temps et l'espace.

Plans de la nef Urantiane

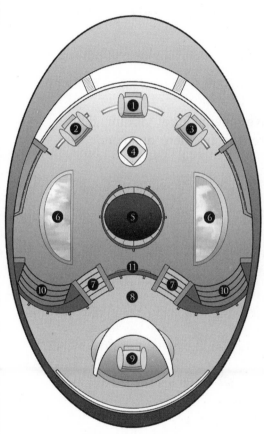

Niveau principal

1. Fauteuil de Chad
2. Fauteuil de Pénilène
3. Fauteuil de Vivia
4. Élémentum
5. Puits d'accès central
6. Vitres de plancher
7. Escaliers menant à la mezzanine
8. Mezzanine
9. Fauteuil de Paul
10. Escaliers menant au niveau inférieur
11. Symbole de la quête des 7 cristaux

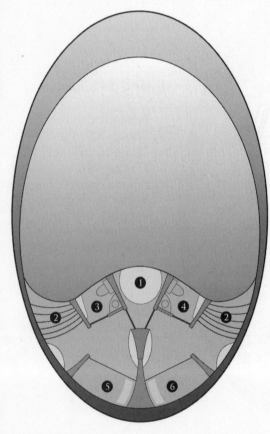

Niveau inférieur

1. Douche centrale
2. Escaliers
3. Toilettes des filles
4. Toilettes des garçons
5. Couchettes des filles
6. Couchettes des garçons

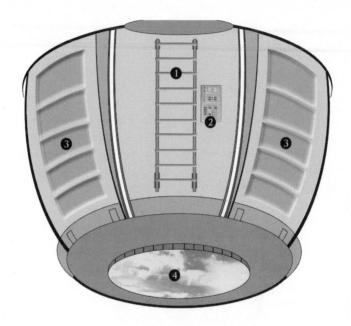

Puits d'accès central

1. Échelle de coupée
2. Panneau de contrôle
3. Compartiments de rangement
4. Sas d'entrée

L'auteur

Fredrick D'Anterny est né à Nice, en France. Arrivé au Québec à l'âge de 17 ans, il est successivement libraire, puis représentant dans le domaine du livre. Auteur d'une trentaine de romans, créateur des séries Storine, l'orpheline des étoiles, Éolia, princesse de lumière et Les messagers de Gaïa, il explore avec brio et passion le genre fantastique/épique en y associant des notions de philosophie et de spiritualité.

Pour en savoir plus sur l'auteur et ses œuvres : www.fredrickdanterny.com

À suivre...

Tome 3

La créature de Musqueroi

La peur au ventre

Monde du Soleil de cendre, duché de Musqueroi, an 914 après Khephré de Nomah.

Vivia était sortie d'Urantiane dans l'espoir de prouver à ses compagnons qu'elle était aussi débrouillarde qu'eux. Contrairement à Penilène, qui la prenait peut-être pour une « tête vide », la jeune fille ne s'était pas éloignée de la nef invisible sans marquer son chemin; accrochant un ruban bleu à une branche d'arbre, une écharpe jaune autour d'un tronc, et une autre, rouge, autour de l'arête d'un rocher. Maintenant, après avoir cherché un peu d'eau qu'elle pourrait ramener à la nef, la fatigue et le silence glacial de la forêt lui faisaient regretter sa décision.

L'endroit était pourtant charmant. Une neige fraîche était tombée durant la nuit et en se levant, le jour allumait les bosquets, les arbres et leurs frondaisons de taches grises et jaunâtres. Malgré ce décor paisible, une sourde inquiétude émanait de chaque buisson, de chaque tronc. Cela venait-il du soleil qui peinait à percer l'épaisse couche de nuages ? Des nappes de glace qui étincelaient entre les rochers ? Des branches noires tendues tels des spectres vers le ciel ?

Les membres roidis de froid, la jeune fille s'accroupit. Elle portait toujours sur le dos sa robe atlante de soie blanche ainsi que son voile de laine pourpre. Un bandeau de cuir piqué d'une pierre précieuse, cadeau du prince Emen Freï, retenait ses cheveux. Une buée blanchâtre sortait de ses lèvres.

J'ai été idiote de sortir de la nef, se dit-elle en frissonnant. J'aurais dû attendre les autres.

Mais depuis le début de leurs aventures, il lui semblait que c'était eux qui faisaient tout, tandis que souffrant de mille petits bobos inutiles, elle se laissait traîner comme un boulet.

Son creuset en étain fermé par un bouchon de liège entre les mains, Vivia entendait battre son cœur.

Le silence de cette aube d'un autre monde n'était finalement ni beau ni paisible.

Elle grimaça, car ses éternels étourdissements lui revenaient, plus accentués et plus douloureux que jamais. Elle ressentait de surcroit un malaise identique à celui éprouvé chaque fois que Lord Vikram, le magicien envoyé à leurs trousses par le roi Yégor d'Ancépalomie, se trouvait à proximité.

Soudain, elle aperçut d'étranges champignons de glace qui poussaient au pied d'un arbre. Elle se força à bouger. Il fallait à tout prix qu'elle réagisse ! Le visage de Chad apparut devant ses yeux. Le garçon ne restait jamais inactif. C'était un chef. Mystérieux, peu bavard, mais un meneur né!

Si seulement il était là…

Vivia rampa vers les champignons.

Que faisaient-ils là en plein hiver? Cet endroit était vraiment étrange. Le froid paraissait différent de celui des autres lieux qu'ils avaient visités.

Elle éternua brusquement, contempla ses doigts et lâcha un cri d'épouvante.

Du sang tachait sa main !

Un souffle de vent fit frémir les branches alentour. Un objet tomba près d'elle.

Vivia ramassa ce qui ressemblait à un gant d'enfant en laine tricotée. Y avait-il du sang dessus ou bien était-ce le sien qui venait de le souiller?

L'adolescente y réfléchissait encore quand elle devina une présence dans son dos.

Elle se retourna et cessa immédiatement de respirer.

Deux yeux jaunes ourlés de longs cils noirs la dévisageaient. La jeune fille détailla la robustesse de la silhouette, le poitrail musculeux semé de poils roux, les mains terminées par d'impressionnantes griffes. Détail encore plus étonnant, l'apparition était emmitouflée dans une cape sombre.

Le monstre se pencha vers elle.

Vivia poussa un hurlement et s'évanouit.

Chad n'arrêtait pas de se torturer mentalement. Il le sentait très fort en lui : il avait commis une grave erreur en rentrant dans la nef au lieu de partir tout de suite à la recherche de Vivia.

— Allons, dit Paul, elle ne peut être allée bien loin !

Chad calcula en effet qu'entre le moment où ils étaient sortis tous les trois dans la forêt à la recherche de leurs éléments et celui où ils avaient regagné Urantiane, il ne s'était écoulé qu'une trentaine de minutes.

Un trop court laps de temps pour que Vivia se soit vraiment éloignée. Trop long, par contre, pour garantir qu'il ne lui soit rien arrivé.

Paul résista à l'envie de lui décocher une blague cynique dont il avait le secret. Du genre : « Ça t'inquiète de la savoir seule dehors sans toi ! » Chad, il en était sûr, n'aurait pas apprécié, car il n'avait pas vraiment de sens de l'humour.

Plantée devant l'élémentum, Penilène était déjà en transe. Quelques secondes auparavant, elle avait versé sur la plaque une petite quantité de terre arrachée au sol enneigé de la forêt.

Leur expérience de l'élémentum était encore trop récente pour qu'ils se sentent vraiment à l'aise.

La jeune New-Yorkaise battait des cils et respirait fort par la bouche. Subjuguée, elle gardait les paumes posées sur la plaque d'orichalque.

Outre la langue de l'époque dans laquelle ils étaient transportés, ils pouvaient recevoir par télépathie des informations sur les mœurs et les coutumes du ou des peuples qu'ils allaient rencontrer.

Paul restait tendu. Quelles images Penilène allait-elle recevoir concernant la quête du second cristal de Shamballa ?

En Atlantide, ils avaient chacun ou presque reçut un indice. Ces indices s'étaient révélés très utiles pour retrouver le cristal de Nebalom !

Après quelques secondes d'hypnose, la jeune noire s'arracha à l'emprise de l'élémentum. Non que l'expérience soit douloureuse — quoique ! Mais cette machine de facture atlante leur « rentrait » littéralement dans la tête pour y déposer un savoir et des informations à la fois effrayantes et étonnantes.

— Est-ce que ça va ? s'enquit Paul en prenant Penilène par les épaules.

La jeune fille se libéra comme si l'adolescent venait de l'agresser.

— Tout doux ! fit le blond arizonien.

Penilène tremblait. À croire qu'elle avait été assaillie par des fantômes.

Paul avala difficilement sa salive et imita Chad, qui posait à son tour ses paumes sur les plaques de l'élémentum…

Aussi disponible :

Tome 1 :

Les porteurs de lumière

ISBN 978-2-89667-278-3

Paul, Vivia et Penilène menaient chacun des vies sans histoire avant d'être enlevés parce qu'ils portaient, tatoué sur leur épaule droite, le même symbole ésotérique. Rejoints par Chad, un garçon mystérieux chargé de les protéger, ils se retrouvent perdus dans une autre dimension. Forcés, pour rentrer chez eux, de récupérer la foudre contenue dans l'air, la terre, l'eau et le feu, ils ne se doutent pas encore qu'ils sont devenus, pour le compte de Shamballa, des porteurs de lumière...